不時輕聲地以俄語遮羞的鄰座艾莉同學 6

燦燦SUN
插畫 ももこ
story by sun sun sun
illustration by momoco

Иногда Аля внезапно кокетничает по-русски

Kadokawa Fantastic Novels

序章

我的魔法師

「艾莉小妹好努力耶。」

這是從小就不知道被說過多少次的話語。我總是覺得這句話很突兀。只是努力而已，為什麼會被誇獎？對於當下的事情全力以赴是理所當然，沒這麼做才奇怪。

察覺自己這種想法是極少數派之後，我也不打算改變自己的生活方式。總是力爭上游，立志成為理想中的自己，就只是持續努力……

「既然看我們這麼不順眼，那妳一個人做吧！」

九歲的時候，被班上同學這麼放話的那一瞬間，我認為即使沒人理解這種生活方式也無妨。即使不被任何人理解，即使不被任何人誇獎，只要我知道自己的努力就好。像這樣獨自持續力圖上進，我對此毫無迷惘……本應如此。直到那天在學校聽到老師這麼問。

「各位將來想成為什麼樣的人呢？」

老師這個問題真的沒什麼特別的意思。然而我內心沒有這個問題的答案，對此感到錯愕。

我的人生當中沒有目標。總之立志不斷往上爬的我，卻連自己都不知道想在最後尋求什麼東西。察覺到這件事的瞬間，我對於自己一味只顧著力圖上進的生活方式產生了疑問與迷惘。

我簡直……像是斷了線的氣球，就只是一直朝著上空飛去。飛得愈高，景色就變得愈暗，呼吸逐漸困難。即使如此也沒有對象能讓我求助，甚至沒有對象能讓我詢問這種生活方式是否正確。

希望有人能和我在同樣的高度，以同樣的速度飛翔。只要知道自己不是孤單一人，這份迷惘肯定會消失。只要能夠和某人競爭，即使飛向黑暗也絕不會害怕。可是沒有任何人，大家都被我拋到後方了。是我自己決定獨自飛向高處，事到如今已無法回頭。

我從小小的籠子俯瞰遙遠下方的地面，即使懼怕墜落的恐怖依然向上飛。不知道前方有什麼東西，甚至不知道自己的目的地，就這麼不斷向上飛……

「為什麼想當學生會長？」

當時被他這麼問的時候，我立刻就回答了。我回答「因為想當所以想當」，往高處爬不需要理由。然而……我自己知道這不完全是真話。為了避免他繼續深入追問，我故意立刻回答。

因為……我之所以立志成為學生會長，也和某種更加自私的情感有關。到頭來，我希望有人願意認同我的生活方式是對的。進入征嶺學園，得知學生會長是受到許多學生支持與尊敬的地位之後……我認為只要站上這個地位，就可以從這種窒息感解脫。這麼一來就可以消除迷惘，即使要走向看不見前方的黑暗也不再害怕。

「我知道九条同學很努力。」

這句話對我來說具有多大的分量，他肯定不曉得吧。

他這個人簡直是魔法師。不使用交通工具，只憑著自己的身體自由自在任性飛翔的壞心眼魔法師。他完全不在乎哪邊是上方或下方。有時候像是要捉弄蜷縮在籠中持續盲目飛翔的我而在周圍盤旋，有時候又像是引導我而在上空飛翔。

無論是墜落的恐怖，還是前往黑暗的恐怖，在他身上都完全感覺不到。我被他這種過於自由的舉止惹得不高興，說了許許多多的怨言。然而對於在籠中嘮叨抱怨的我，他像是當成孩子般對待……這又令我感到火大。雖然火大卻也好快樂。要是他忽然跑得不見人影，我會感到寂寞，但是回過神來又會發現他就在身旁，這種捉摸不定的個性令我恨得牙癢癢的……其實我早就知道了。只有他願意陪在我身旁。他的存在是我的救贖。

所以……

「什麼都不用說，握住這雙手吧！艾莉！」

所以在那個時候，我握住了他的手。飛出籠子之後，我體認到自己至今活在多麼狹隘的世界。

自以為獨自飛翔的這片天空，還有其他許許多多的人。他們以自己的方式，有時候獨自一人，有時候同心協力在天空旅行。各自的飛行方式具有各自的魅力……「飛得愈高的人愈優秀」這種想法只是我的幻想。

某些場所必須飛得夠高才能抵達。不過某些場所光是飛高無法抵達，某些景色光是飛高無法欣賞。而且……

「艾莉同學的歌真的是最棒的！」

「我很喜歡這個樂團名稱……謝謝妳。」

「喉嚨狀況沒問題嗎？請不要因為練習過度而傷到嗓子喔。」

「阿哩莎也要吃洋芋片嗎～～？」

只要懷抱勇氣踏出一步，也有人願意讓這樣的我一起搭乘交通工具。這一切都是他教我的。

可是……他絕對不會只搭一種交通工具。前一秒像是魔法般輕盈跳上交通工具，下一秒卻又忽然離開。他總是率性轉搭各種交通工具徘徊在天空。明明去得了任何地方，卻是無從捉摸真正目的地的魔法師。

明明懷抱著某種東西，他卻絕對不會展露給別人看。如果試著碰觸他的內心深處，他會消遣打岔，搪塞帶過。我認為這是他的抗拒方式……因此不敢踏得更深入。其實我想知道，想更接近他的心。然而他是率性的魔法師……所以如果我勉強接近，感覺他會再度忽然離我而去。我無論如何都不敢向他問個明白。

政近同學，回答我。你在尋求什麼？你懷抱著什麼？願意永遠陪在我身旁嗎？在你的心目中，我是……

第1話 這些傢伙也太來勁了吧

「魔力藥水與聖靈藥各一杯～～」

「收到～～」

舞台的猜謎對決結束之後，政近與艾莉莎來幫忙班上的攤位。明天會開放校外訪客入內，執行委員會那邊預料將會忙得不可開交，所以兩人希望至少趁現在盡量幫忙。

「久世同學～～這身打扮滿適合你哦～～？」

「哈哈，謝了……但我覺得比想像的還要不好意思耶？」

「大家都是過來人，所以死心吧。我已經習慣了。」

「不愧是老大，表情就是不一樣……！」

「呵，要叫我公會長喔，公會長。」

說完露出空洞笑容的這個人，是體格很好的柔道社男生。壯碩的身軀披上過度裝飾的大衣領長外套，搭配那張精悍的臉孔，散發的氣氛完全是盜賊團的頭目……更正，是冒險者公會的會長。

（原本的主題起碼是咖啡廳才對……哎，就當成角色扮演咖啡廳之類的吧。）

完全感覺不到咖啡廳要素的店內模樣令政近稍微苦笑，從保冷箱取出寶特瓶。客人同樣是校內學生，加上人數普普通通，所以顧店也相當輕鬆。政近稍微在意的是……為了打扮成魔法師而穿在身上的長袍與三角帽子，比想像的還要悶熱又礙事。

（每次蹲下就會拖在地面，下襬晃動也會揚起灰塵……帽子也是動不動就會卡到帽簷，坦白說這種衣服不適合接客。）

因為長袍動不動就絆腳而稍微皺眉的政近，將飲料倒入紙杯放在托盤。接著，打扮成女騎士的班上女生將飲料送到座位。

（看看這種品質差距……）

目送同學背影的政近露出難以言喻的表情。披風是便宜貨，鎧甲與劍也都是以紙與紙箱製作，不過班上講究細節的同學似乎非常認真製作，鎧甲的品質相當出色。政近原本覺得頂多就是小孩子的扮裝，不過那樣看來要當成角色扮演的服裝也綽綽有餘。多虧這樣，所以政近稍微感到不自在。剛才柔道社同學的那身打扮，與其說是角色扮演不如說就是本人。

（哎，我負責廚房所以沒差就是了……話說回來，艾莉她什麼時候才要來啊？）

由於排班排在同一個時段，所以艾莉莎剛才也和政近一起來到教室。但是艾莉莎隨即被等待已久的三名女同學帶走，經過十五分鐘以上還沒回來。

（排班時段已經開始好久了……沒問題嗎？哎，不過目前感覺完全忙得過來。）

環視教室內部，以客人身分光顧的學生們單手拿著飲料，露出為難的表情討論。

「基底應該是薑汁汽水……不過這是什麼？我在其他地方喝過就是了……」

「這個……難道加了可可嗎？總覺得是懷念的味道……」

「欸，感覺隱約喝到像是酸梅的味道……是我多心嗎？」

「咦，真的？」

他們正在猜各自所喝的飲料成分。依照當初的企畫只有提供飲料，但在某個男生的提案之下決定在價目表背面寫下配方，讓客人們一邊喝一邊猜。雖然猜中也不會特別送獎品，不過看樣子似乎將氣氛炒得很熱絡。

要是做這種事，客人當然會待得比較久，影響店裡的翻桌率。不過企畫的原本目標就是要避免使用太多人手，所以這不是什麼大問題。

（反正也沒要爭奪優秀獎或是特別獎……這種程度剛剛好。）

在學生與外來訪客的問卷調查之中，最受歡迎的企畫將會獲得優秀獎。營收最高的企畫則是獲得特別獎。其中也有班級或社團認真想爭取這些獎項，不過這次政近他們班是志在參加不在得獎。

（更何況說到特別獎，他們也絕對贏不了那種利用家裡的門路，打造得豪華到爆的攤位……）

政近思考這種事的時候，教室的門慢慢拉開……精靈小姐走了進來。

「啊？」

政近忍不住發出像是痴呆的聲音。然而不只政近，教室裡的所有學生，無論是客人或店員，對於突然出現的異世界居民都露出目瞪口呆的表情。

「好的，各位久等了～～！」

此時，在精靈小姐身後推她前進的女學生發出愉快的聲音。仔細一看，是剛才帶走艾莉莎的女生之一。一起擄走艾莉莎的兩名女生從她身後出現，看著教室裡的反應露出愉快表情。

「啊哈哈，反應真棒～～」

「不枉費我們花了這麼多心力……！」

「我們超努力的……」

總覺得女生三人組洋溢大功告成的氣息。精靈小姐在她們前方露出困惑與羞恥參半的表情，政近戰戰兢兢走過去搭話。

「……艾莉？」

聽到政近這句話，精靈小姐——艾莉莎瞬間轉身面對，立刻又別過頭去。她的銀髮間突出一對尖尖的長耳朵，身穿以白色與綠色為主的連身禮服。只有這種程度的扮裝，看起來沒有特別化妝……不過原本就擁有脫俗美貌的艾莉莎，一旦打扮成這副模樣……

（不，看起來真的不像人類了。）

看起來簡直只像是精靈。明明原本就是「日本人易於親近的外國人長相」，也就是阿宅理想中的二次元居民長相，要是把耳朵弄尖再穿上異世界風格的服裝，那就完全是精靈了。這麼過於美麗的女孩子不可能是人類。

【懷抱勇氣踏出一步之後……就到達異世界了……】

稍微低頭將視線焦點移向遠方的艾莉莎輕聲自嘲，聽到這句俄語的政近回過神來，輕聲清了清喉嚨之後重新向艾莉莎開口。

「喔，很適合妳耶……非常美麗。」

政近說完的下一剎那，剛才帶走艾莉莎的三名女學生發出「呼呼～～♪」像是消遣的聲音。不過教室裡的學生立刻不分客人與店員蜂擁而至，她們連忙鞏固防守。

「唔哇好厲害！真的是精靈耶！真實世界的精靈！」

「這太奸詐了……這樣日本人絕對贏不了吧？」

「可……可以用手機拍個照嗎？只拍一張就好！」

三人組擋在爭先恐後聚集過來的男生們前方，露出像是太妹的表情威嚇。

「混帳不准接近！」

「喂，不准拍！老娘要收錢喔！」

「你們這些混蛋不知道扮裝的鐵則嗎？未經許可拍照會直接被轟出去！」

……她們姑且也是良家千金才對，是平常絕對不會用這種語氣說話的女生。不過看到艾莉莎這身打扮，或許她們對於扮裝有著非比尋常的執著吧。

（慢著，咦？難道這三人都是手工藝社？啊啊……那我就理解了。畢竟那裡有很多相當熱情……應該說狂熱的人。）

回想起以前和手工藝社發生的各種事，政近稍微看向遠方。此時艾莉莎害羞伸手遮住耳朵，瞥向政近。

「不……不要一直看啦……我會害羞。」

「……不，如果品質這麼高都會讓妳害羞，那我這身打扮該怎麼辦？」

聽到這段話，艾莉莎也看向政近的三角帽與長袍，稍微揚起嘴角。

「總之……還不錯吧？」

「妳是不是非常瞧不起？」

「沒那回事啊？只要再拿一根前端有星星的法杖不就很完美了？」

「又不是幼兒園的戲劇發表會……」

政近這句吐槽使得艾莉莎摀住嘴角輕聲發笑。看見這張軟綿綿的笑容，興奮聚集過來的男生們像是失魂落魄般呆呆張嘴。

「艾……艾莉公主在笑……」

「呃，好可愛！」

「咦，聽說她叫做『孤傲的公主大人』，還以為會更加冷酷……但還是會笑嘛。」

「不不不，學長！她那樣很罕見耶！」

一瞬間的沉默之後，錯愕與吃驚的聲音洋溢全場。艾莉莎對此露出有點不知所措的模樣，然後不悅皺眉掩飾表情。男生們隨即「啊啊……」發出惋惜聲，手工藝社的妹子三人組發出噓聲趕人。艾莉莎斜眼看著這幅光景，低頭看著自己的身體呢喃。

「說起來，我對於精靈不是很了解……這是什麼樣的角色？」

「與其說是角色應該說種族。在奇幻世界登場的制式種族之一。是在森林裡和自然共生的長耳朵種族，男女都很漂亮，明明活了數百年，外表的成長卻停留在二十歲左右的理想體質。然後大多是自尊心高又封閉，和人類的關係不太好。」

「……這樣啊。」

察覺艾莉莎回答的聲音有點消沉，隨口說明至今的政近驚覺不對。他瞥向背後的手工藝社妹子三人組，輕聲以較快的語速安慰。

「啊，不……我覺得並不是因為妳的個性像精靈，才會被選上扮演這個種族啊？單純只是因為精靈是美麗異種族的代表……大致來說，精靈在設定上是素食主義者又討厭金屬，也具有弓箭名手的一面，這部分和妳完全不一樣，說起來──」

「……？怎麼了？」

看到政近突然閉上嘴巴，艾莉莎投以疑惑的眼神。政近像是要逃離這雙眼睛般移開視線，情急之下出言搪塞。

「沒有啦，說起來……精靈的頭髮基本上是淺金色？所以我覺得真的沒有什麼深刻的意思啊？」

政近自己也覺得這種說法相當強詞奪理，但是也沒辦法。他終究不敢說「傳統美好的正統精靈族都是纖瘦體型！」這種話。何況身材火辣的精靈通稱為情色精靈……他當然不敢說出口。

（哎，畢竟精靈是弓箭名手……基於這層意義，有胸部的話就會……對吧？）

「……你是不是在胡思亂想？」

「沒啊？為什麼？啊，氣氛差不多平穩下來了，重新上工吧。」

政近說完自然而然轉過頭去，回到工作崗位。艾莉莎朝著他的背投以懷疑視線，但還是前往入口攬客。不過……

「咦，精靈小姐？」

「等……等一下這裡這裡！真的超猛的！」

「唔哇～～好厲害！」

「不……不好意思，可以拍張照嗎？」

走廊不到一分鐘就人滿為患，艾莉莎被妹子三人組回收了。擁擠的人潮就這麼變成等待進店的人龍，店內一口氣化為戰場。

「人一下子就增加了……公會長，怎麼辦？」

政近詢問從老大改稱的公會長，公會長露出老神在在的笑容回答。

「……這下子怎麼辦？」

「喂！」

「我想想，總之先改成可以外帶嗎……？」

「沒準備紙杯用的蓋子，何況所有人都是衝著艾莉光顧的，這麼做也沒用吧？」

「啊，對喔，需要蓋子。因為可能會灑出來……那個，不然要增加座位嗎？」

「在這之前應該先整理人龍並且設定時限吧？」

「久世！交給你了！」

「喂～～！」

毫不猶豫將責任扔給政近的公會長被吐槽後，露出溫柔眼神將手放在政近肩膀。

「久世……你從今天開始是副公會長。」

「哎呀看來這位公會長是從冒險者起家的？實力很強卻不擅長行政工作是吧？」

「萬事拜託了，副公會長！」

「「「萬事拜託了！」」」

「你們幾個！」

同學們搭公會長的便車立刻將管理工作塞給政近，政近惡狠狠環視他們……不過所有人都裝作事不關己。連艾莉莎都掛著有點尷尬的表情移開視線。

（喂，學生會長參選人……不，這種事是我比較適合嗎？）

政近切換心態，開始統整全班。

「那麼，暫定就座之後十分鐘就要離座……負責整隊的同學把這項規定寫在板子拿在手上……喂～～那邊的三個元凶不准跑哦～～？給我負起責任幫忙吧～～？」

露出「咦？我們不是在這個時段負責顧店啊？」的表情匆忙準備離開的手工藝社妹子三人組被政近叫住，一人負責整隊，一人負責管理時間，另一人負責保護艾莉莎。

「咦，管理時間……沒有碼表之類的嗎？要我用一支手機管理六個座位……」

「正常記錄客人就座的時間不就好了？」
「居然是超手寫模式！」
就像這樣雖然有點手忙腳亂，政近還是在有人抱怨之前重新建構了接客方法。不過排隊的學生也是一邊排隊一邊從靠走廊的窗戶盯著艾莉莎看，所以或許沒空抱怨吧。
「呦，久世，總覺得事情變得滿驚人的。」
「啊啊，各位好。是籃球社的聚會嗎？」
「嗯，大夥兒一起休息。」
搭話的是認識的高年級生，政近按著帽子打招呼。籃球社社員們一起就座，隨即露出親切笑容向政近開口。
「我們看了喔～～剛才的猜謎對決。」
「那場對決好精彩！最後反敗為勝的時候，我忍不住叫出聲了！」
「謝謝。」
「九条學妹也很帥喔！」
「咦，啊，謝謝。」
突然被叫到名字，忙著接客的艾莉莎吃了一驚。籃球社眾人對於艾莉莎的尷尬回應毫不在意，熱烈說出猜謎對決的感想。

「不，真的很厲害喔。像我當時也有正常解謎，卻連一半都沒猜對。」

「沒錯沒錯，這傢伙啊～～充滿自信找我們比賽，結果只有他慘敗。拜此之賜這一頓也是這傢伙買單。」

「九条學妹在舞台上答對那麼多題，果然很厲害。」

「哎，真的，重新恭喜妳在猜謎對決獲勝！」

一人說完開始拍手，同桌的男生隨即跟著吹口哨或拍手。別桌的學生也被引得一起拍手或是出聲祝福，最後教室裡充滿掌聲與歡呼聲。

「啊，那個……」

突然從全方位被投以善意視線，艾莉莎畏縮片刻之後默默低頭致意。她看起來完全不知道該如何反應，縮著肩膀頻頻鞠躬。和舞台上的英姿截然不同的生澀模樣，使得教室裡產生溫馨的空氣。

「……總覺得九条學妹的氣氛變了？」

「對吧？我不太熟悉那個女生，不過感覺比想像中容易親近？」

「……艾莉從以前就是那種感覺喔。只是因為容貌的關係，所以旁人至今都刻意保持距離。」

「啊，是這樣嗎？」

「是的。而且雖然那傢伙自己的溝通能力絕對不算好，不過只要正常找她說話就可以正常聊得來啊？」

政近隨口幫忙說話，籃球社的眾人感到意外般點頭。

「喔～～原來如此。我一直以為只有你這個溝通能力妖怪是例外。」

「你說誰是溝通能力妖怪？」

「就是你啦，你。」

「你這傢伙真的和任何人都能成為好朋友耶。」

「對學長也敢用平輩語氣吐槽。」

「咦？我做錯了什麼嗎？呃，好痛好痛！」

政近使出渾身解數露出詫異表情的剎那，就被學長們不發一語狂戳而逃進廚房（名為廚房的飲料存放處）。數分鐘後，走廊微微發出一陣騷動。

正在準備飲料的政近不禁將注意力朝向該處，騷動的原因沒多久就出現在入口。

「哎呀……各位，真的可以嗎？總覺得不好意思……」

「請進請進！我們反倒想在這裡欣賞！」

被排隊的學生們一直推到前頭的是有希。她身穿袖子與衣領縫上荷葉邊的迷你裙浴衣，以大型髮飾挽成側馬尾的黑髮，非常搭配這身可愛到做作的服裝。

宛如日式娃娃造型的有希，就這麼和宛如西式人偶造型的艾莉莎面對面。剛才在舞台上展開激戰的兩人再度對峙，喧囂的緊張氣氛掠過教室。

在密度超高的視線聚集之中，先開口的是有希。

「哇，艾莉同學，妳好漂亮耶。簡直像是精靈。」

「謝謝……有希同學這身打扮也非常適合妳。」

「真的嗎？謝謝。」

「那是攤位的服裝嗎？記得有希同學班上是廟會風格的攤位吧？」

「是的。換掉也很麻煩，所以我就一直穿著順便幫班上宣傳了。」

感覺不到明顯的摩擦，反倒是相當親近的對話。不過周圍屏息看著兩人的互動。

不知道是否察覺到周圍的視線……不，應該有察覺吧。有希反倒像是要說給大家聽以及做給大家看，面帶笑容向艾莉莎搭話。

「話說回來，剛才的對決真是精彩。沒想到會在最後一題被反敗為勝……雖然我是敗北的一方，卻是非常戲劇化的結果。」

「咦？啊，啊啊……說得也是？」

艾莉莎不知所措地含糊點頭。大概是不知道身為勝者的自己應該以何種態度面對敗者有希吧。有希像是看透她的內心般輕聲一笑。

「真是的，看妳露出這麼尷尬的態度，我也很為難。這是彼此光明正大全力以赴的結果，所以請率直引以為傲吧。」

「唔，嗯……」

就算聽她這麼說，也肯定無法在敗者面前引以為傲吧。相較於含糊點頭的艾莉莎，有希若無其事般掛著微笑。如果只看這一幕，可能會看不出孰勝孰負。而且有希實際上也是在打這個主意吧。

這是在所有競賽項目都適用的說法，敗者想在比賽之後提升好感度的應對方式，就是灑脫承認敗北並且讚揚勝者。

反過來說，如果嘴硬不服輸或是明顯不甘心而不肯和交戰對手握手，就是最差勁的應對方式。正因為有希也明白這一點，才會在對決之後早早就主動來見艾莉莎吧。

（順便展露出即使敗北也老神在在的態度，宣揚自己的氣勢……大概是這樣吧。這場一對一對於艾莉的負擔有點重。）

就算這麼說，如果政近在這時露骨幫艾莉莎緩頰，可能會反而害得艾莉莎的股價下跌。所以為了截斷這股氣勢，政近不是向她們兩人，而是向管理時間的女學生搭話。

「三號桌是不是時間到了？」

「咦？啊，真……真的耶。那個，不好意思時間到了，可以請你們讓座嗎？」

在非常令人在意的時間點被催促離席，坐三號桌的學生們發出「怎麼這樣～～」的不滿聲音，但還是不情不願地離開。此時女騎士同學迅速收拾並且擦拭桌面，帶領有希入座。

「謝謝。那個，我可以請艾莉同學接待嗎？」

「啊——」

「當然可以！不如妳們一起坐吧！」

「咦？」

負責保護的女生打斷艾莉莎的回應，迅速拉開有希旁邊的椅子，半強迫艾莉莎坐下來。總覺得像是看見新進小姐被常客指名之後勸她幫忙倒酒的酒店媽媽桑。

「呼……太美了。」

像這樣強迫兩人並肩坐下之後，為所欲為的手工藝社妹子三人組露出陶醉表情。但是陶醉的不只她們，教室裡以及走廊上的學生們，也同樣被並肩而坐的兩名絕世美少女奪走視線。

「那個，我要工作——」

「這種事由我來！周防同學，要喝什麼飲料？」

負責保護的女生打斷艾莉莎的話語，拿價目表給有希。有希朝價目表一瞥，然後露出笑容這麼說。

「我想想……可以給我一杯牛奶嗎？」

這一瞬間，政近與艾莉莎以外的B班學生之間竄過一股緊繃的空氣。

突然的不明緊張感使得政近摸不著頭緒，此時公會長慢慢移動到有希面前，將手撐在桌面之後發出低沉嚇人的聲音。

「小妹妹……這裡是酒館哦？想喝奶就回去喝媽媽的奶吧。」

「不，這裡不是酒館吧……？」

跟不上這種神祕展開的政近輕聲吐槽，有希當成耳邊風，掛著笑容看向公會長。面對魁梧的公會長，她的嬌小身軀變得更加明顯，但她完全沒有害怕的樣子。

「家母在月亮美麗的夜晚過世了。」

「不，根本沒死……」

政近再度輕聲吐槽，但是公會長對於有希的回答露出空洞的笑容，從教室後方的置物櫃取出木箱放在有希面前，然後公會長自己也一屁股坐在椅子上。

接著，他以賣關子的動作打開木箱，裡面是一個精心裝飾的玻璃瓶。

「真是一位可愛的客人……好吧，這就是妳想要的東西。」

「等一下。」

沒聽過的展開以及沒看過的瓶子，使得政近忍不住抓住公會長的肩膀。嗯，這麼大的衣領有夠礙事。

「咦，這是什麼？欸，這是什麼？」

「喂喂喂，久世……異世界的酒館肯定要有不為人知的一面吧？」

「就說不是酒館了。」

班上同學們配合公會長，像是在說「呼～受不了」般搖頭。政近瞪了他們一眼，然後觀察艾莉莎的表情，確認她同樣站在不明就裡的這一邊。

「話說……包括之前的試喝會，只有我與艾莉不知道詳情，說真的這是怎樣？該不會在賣某些不能被學生會知道的不妙玩意吧？」

「不可能有這種事吧？當然是合法的喔，合法。」

「只是還沒被法律禁止吧？賣這種東西的傢伙才會這麼說！而且啊，應該先否認有在賣不妙的玩意吧！」

「不是危險物。」

「不然是什麼物？」

「動物？」

「動物！」

雖然愈來愈搞不懂是什麼東西，不過政近暫時將這個疑問放在一旁，看向有希。

「話說，連我都不知道的剛才那句暗語，妳為什麼知道？」

「我聽說只要在這裡說出這句暗語，就可以喝到神奇的飲料。」

「……啊，是喔。」

有希人脈很廣，應該是在某處打聽到這個傳聞吧。總之不提這個，政近在意的依然是這種飲料是否真的無害。因為政近自己就在飲料試做的階段吃過苦頭。

「喂，公會長。真的沒有什麼奇怪的副作用吧？」

「這個嘛，後果自負。我只是提供客人想要的東西——」

公會長不改黑暗公會領導者的立場如此回答，政近指尖掐進他的肩膀再問一次。

「應該無害吧？」

「啊，是的。無害。」

溺愛妹妹的哥哥施壓令公會長屈服了。

公會長回復為正常表情頻頻點頭，政近以試探的眼神注視一陣子之後，終於放開他的肩膀。

接著，公會長將瓶子裡的液體倒入木箱裡的玻璃小酒杯，放在有希面前。然後他清了清喉嚨重建角色形象，以賣關子的語氣開口。

「好啦，這就是我們店裡的祕密飲料……永生甘露。」

乍看只像是水的透明液體。完全猜不到是用什麼配方才調出這種透明度。

不只政近，艾莉莎也露出疑惑表情的時候，有希拿起玻璃杯。

「我要享用了。」

有希說完之後，果斷抬頭一飲而盡，然後猛然睜大雙眼。

「這是……！令人聯想到壯闊秋空的香氣，像是濃縮了大地恩惠的豐潤口感，一言以蔽之的話就是——」

有希目不轉睛看著空酒杯，停頓許久之後輕聲開口。

「無。」

「居然是無？」

「無。」

看來是無。

◇

「我現在暫時是休息時間，艾莉同學什麼時候能休息？不介意的話要一起逛嗎？」

「那個，我——」

聽到有希這麼問，艾莉莎還來不及回答，手工藝社的妹子再度插嘴。

「要去外面逛嗎？那麼九条同學，以這身打扮出去幫忙宣傳好嗎？」

「老實說，走廊完全大塞車，所以就當成休息時間提前吧。周防同學也一起的話，宣傳效果也是百分百！啊，不然久世同學也一起去吧？」

「公會長，沒問題吧？」

「咦？這個嘛——」

「「「啥？」」」

「嗯，沒問題喔！」

妹子三人組以女生不能露出的表情強行徵得許可，接著看向政近。

「所以，久世同學也換個像樣一點的扮裝吧。畢竟機會難得。」

「咦，還有別的嗎？」

「嗯。貴族與獸人，你要哪一種？」

「都是嚴禁和精靈摻在一起的危險物品吧！」

「好了好了，總之去了再想吧。」

政近就這麼鬧哄哄被帶走，留下艾莉莎與有希。依然從周圍聚集過來的火熱視線，使得艾莉莎懷著有點尷尬的心情詢問有希。

「總之，好像變成要一起逛了……有希同學想去哪個攤位嗎？」

「這個嘛……我想去幾個朋友的班上看看。艾莉同學有想去的攤位嗎？」

「我還好……」

「是嗎？啊，這麼說來，瑪夏學姊與更科學姊的班上好像是開魔術酒吧。」

「啊啊……」

聽到有希這段話，艾莉莎露出有點挖苦的笑容。

「不提更科學姊……瑪夏她會變魔術嗎？」

「呵呵，確實沒這種感覺。不太能想像瑪夏學姊俐落切牌的模樣。」

「畢竟瑪夏個性很溫吞。」

「這時候至少要說落落大方吧？」

因為是家人而毫不留情的這個評價，使得有希有點為難般這麼說。艾莉莎對此稍微聳肩，忽然想到一件事，觀察周圍之後輕聲發問。

「有希同學……妳家的狀況呢？」

「咦？」

「妳之前不是說過妳有哥哥嗎？我好奇他是什麼樣的人。」

艾莉莎不經意詢問之後驚覺不對。她聽說有希的哥哥離家出走，現在兄妹倆相隔兩地。雖然不知道有什麼隱情，不過或許是不該隨便踏入的領域。

「啊，那個，方便說的話再說就好……」

艾莉莎連忙加上這一句，有希像是要讓她安心般微笑。

「呵呵，不必這麼在意也沒關係哦？我和哥哥的關係非常良好。」

「這……這樣啊。」

「是的。我想想……他是什麼樣的人嗎……」

有希稍微歪過腦袋，視線在斜上方游移，然後將手抵在嘴角偷笑，揚起視線看向一旁的艾莉莎臉蛋開口。

「這個嘛，他是一位很可愛的人哦？」

「可……可愛？」

「是的。我認為艾莉同學肯定也會欣賞他。」

「咦咦～～……」

還以為有希會說出「溫柔的人」或「可靠的人」這種評價，完全出乎預料的人物評語使得艾莉莎臉頰僵硬。

（可愛……明明是男生，卻說他可愛……）

艾莉莎腦中浮現好幾個以「可愛型男生」為賣點的偶像臉孔。艾莉莎不問性別喜歡腳踏實地自立自強的人，所以男偶像們這種做作又媚俗的舉止，在她眼中反倒是敬而遠之的類型……

（不，話說被妹妹形容為可愛的哥哥是……）

接著在艾莉莎腦中浮現的形象，是和有希一樣嬌小柔弱，像是吉娃娃的少年。想像懦弱發抖的少年被有希捉弄的光景，艾莉莎稍微板起臉。

雖然不知道是做作型還是同情型，無論如何都和艾莉莎的喜好相差甚遠。

（雖然對不起有希同學……但我覺得實在無法和這種人和睦相處。）

只不過，反正應該沒什麼機會見到有希的哥哥，應該不成問題吧。如此心想的艾莉莎含糊一笑。

「總之，感情好是好事。」

「是的，如果將來也能介紹給艾莉同學認識就好了。」

「說得也是……期待那一天的到來。」

艾莉莎努力擠出這句客套話之後，有希露出暗藏玄機的笑容。總覺得這張笑容像是看透自己的客套話，艾莉莎不禁移開視線。

（話說回來，有希同學喜歡可愛型的男生嗎？……我無法理解。）

艾莉莎假裝沒察覺有希帶著笑意的視線，思考著這種事。

「久等了～～」

就在這個時候，剛才帶走政近的女學生聲音傳入艾莉莎耳中，她趁機轉頭看去。

接著映入眼簾的是紅色的燈籠褲——一件七分長的繭型褲。

「噗呼！」

「咕！」

「欸～～果然是這種反應吧～～」

艾莉莎與有希連忙摀嘴別過頭去，打扮成圖畫童書王子殿下的政近露出憔悴表情。

格格不入的感覺隨著悲壯感愈來愈強烈，艾莉莎與有希再也忍不住笑。

「噗咕，呵，不，我覺得，這身打扮，很合適啊？」

「明明笑得亂七八糟吧？再稍微巧妙掩飾一下好嗎？」

「沒那回，事哦？對吧，艾莉同學？」

「是……是啊……」

被有希這麼問，艾莉莎也一起看向政近……比剛才更像是幼兒園戲劇發表會的滑稽打扮，使得她迅速別過頭去。

「～～～～！」

「喂，別這樣！即使是我也會稍微受傷啦！喂，那邊的！剛才是不是有拍照？」

政近滿臉通紅狠狠瞪向周圍，但因為是這身打扮，所以看起來只像是任性的王子殿下在耍脾氣。愈來愈被這副模樣引發笑意的艾莉莎，露出惡作劇的笑容低語。

【好可愛～～♡】

第2話 發勁是阿宅的浪漫

「那麼，首先要去哪裡？」

聽到有希這句話，再度改回見習魔法師裝扮的政近開口回答。

「我想去食物類的攤位。我還沒吃午飯……艾莉妳也是吧？」

「咦？嗯……」

時間已經超過下午兩點半，不過政近與艾莉莎都還沒吃午餐。猜謎對決之前忙於執行委員的工作，猜謎對決結束之後也因為興奮與緊張的餘韻而沒什麼食慾。

「這樣啊。我在猜謎對決之後也只有稍微填個肚子，所以找一間能夠好好吃東西的店吧。」

「這麼一來……果然要去那裡嗎？不過要排隊等一下。」

政近視線前方是釋放強烈存在感的一年D班與F班的合作企畫。說來驚人，是使用D班到F班共三間教室的女僕咖啡廳。F班的教室是更衣室兼調理室，D班與E班的教室是用餐區。補充一下，若問E班去了哪裡，他們在操場開設露天攤位。而關於這一點，據說是某個女王大人任性地表示：「如果要開女僕咖啡廳的話，沙也親一定也要一起～～」結果E班屈服於學園女王大人與討論會女王大人的壓力而被趕走……不知道傳聞是否屬實就是了。因為E班沒有特別提出陳情，所以始終只是傳聞。

「不錯耶。我也有點好奇。」

「我也不介意。」

得到兩人的同意之後，政近前去排隊。幸好已經過了午餐時間，沒等太久就輪到三人進店。

「歡迎回來，主人、大小姐。」

「喔，嗯。」

負責整隊與叫號而且相當可愛的女僕小姐恭敬鞠躬，出乎預料的正統作風使得政近稍微被嚇到。

「政近同學，你臉上的笑容藏不住耶？」

「不，沒這種事吧？」

【真是不檢點……】

（拜託別罵到我無法反駁。）

兩側立刻如此指摘，政近略感不安伸手摀嘴。眼前的女僕小姐隨即輕聲一笑。

（啊，慘了。）

政近自己也知道，手掌底下的嘴角自然露出笑容。

（咦？這是怎樣？難道說……我對於女僕的抵抗力比自己想像得更弱？）

平常就有綾乃這個正職女僕在身旁，政近以為自己已經習慣女僕這種存在……不過看來是他誤會了。

（慘……慘了……在入口就這樣，那我進去之後可能會變得像是噁心阿宅那樣神魂顛倒。偏偏現在是在這兩人面前，這樣也太糟糕了吧！）

應該會被有希當成一輩子的笑柄，艾莉莎也會徹底投以侮蔑的視線吧。政近被出乎預料的危機感襲擊時，收起笑容的女僕小姐伸手朝D班教室示意。

「裡面請。順帶一提，移動到隔壁教室的時候要收兩百圓的座位費。」

「啊，好的。」

嬌憐的女僕小姐說出相當坑人的生意手法，政近不禁收回笑容。

仔細一看，兩間教室靠走廊的窗戶完全以黑布覆蓋，看不見裡面的模樣。換句話說完全不知道裡面有什麼樣的女僕。如果被帶進的教室沒有自己想找的女僕，就要付錢換到隔壁教室……似乎是這麼回事。好坑。

（嗯，好。笑容收好了，嗯。沒問題。）

勉強重振心情之後，政近站在拉門前面。無論前來的是什麼樣的女僕小姐，都要避免露出不檢點的表情。政近整理好心情之後……打開拉門。

「歡迎回來～～♡主人♡大小姐♡」

就像是附上華美音效，展現完美態度迎接客人入內的美少女女僕小姐。在高腰部位包裹臀部的輕盈迷你裙，往下延伸的潔白修長美腿。大波浪捲的雙馬尾是有點孩子氣的髮型，卻非常適合那張純真的笑臉。即使在真正的女僕咖啡廳也很難見到這麼高水準的美少女女僕。對此，即使是政近也不禁……

「唔哇～～」

避之唯恐不及。因為這名女僕是乃乃亞。以上。

「嗯？請問怎麼了嗎？主人♡」

「這句話是我要說的。」

乃乃亞的言行舉止和平常的個性相差甚遠，政近在臉頰抽動的同時開口吐槽。

「哎呀～～迷人的精靈大小姐也來了。非常適合您喔♡」

「啊，嗯，謝謝？」

連艾莉莎也吃驚睜大雙眼，有點不敢領教。

「謝謝妳前來迎接。乃乃亞同學，這身打扮非常適合妳喔。」

反觀大小姐模式的有希對於這種程度不為所動。楚楚動人的笑容絲毫不受影響，以流利的口吻稱讚乃乃亞。乃乃亞隨即雙手交握放在下巴，扭動身體裝出嬌羞模樣。

「咦咦～～真的嗎～～？我好開心♡」

……這也是做作到像是附上「呀哈♡」的音效。

「喔嗚，噗……」

「……」

政近因為這幅光景過於詭異而反胃。艾莉莎因為乃乃亞和平常的反差太大而停止思考。不過乃乃亞對於樂團同伴的這種反應似乎不以為意（實際上應該不以為意吧），拋個漂亮的媚眼之後帶領三人入座。

「那……那個，這邊可以點餐了嗎？」

「啊，來了～～♡」

政近他們就座之後，立刻有別桌的客人呼叫，乃乃亞前往那一桌。看來覺得乃乃亞現在個性只有突兀可言的政近他們是極少數派，教室裡的其他男性客人全都被乃乃亞擄獲內心。乃乃亞幫客人點餐的時候，也看得出各處的視線集中在她的柳腰或是從裙襬露出的雪白大腿。

乃乃亞當然也有察覺這些視線吧，但她好歹有在兼職擔任模特兒，像是完全習慣被人觀看般若無其事。不只如此……

「哎喲～～主人？您在看哪裡呢？」

「啊，不，沒……沒看哪裡……」

甚至從容到能夠以調皮語氣說出「主人不乖！」這種話。聽得出來不是嚴肅責備的這句指摘，使得在座的男生們即使難為情也害羞陶醉地露出笑容。

「好恐怖！」

然後政近再度不敢領教。在這個時候，和乃乃亞的秋葉原風格女僕服截然不同，身穿古典女僕服的女學生接近過來。

「請問決定好要點什麼了嗎？」

看見這名女學生，政近不禁脫口說出一個稱號。

「唔喔，女……女僕長……」

「嗯？我是女僕長沒錯，怎麼了嗎？」

看起來不在意三人的扮裝，稍微揚起單邊眉毛又輕推眼鏡鼻橋的女學生是沙也加。和周圍的女僕不同，絲毫沒有諂媚氣息的接客態度。沒什麼裝飾的長裙女僕服以及射出冰冷光輝的眼鏡，營造出和普通女僕劃清界線的威嚴。

「請問要點什麼？」

「那個，那我點這個『女僕愛情滿滿的肉醬麵』。」

「本店推薦的料理是咖哩飯。」

「啊？」

「推薦的料理是咖哩飯。」

女僕長居然委婉拒絕接受點餐。政近臉頰不禁僵住，但還是迫不得已決定依照她的推薦——

「……慢著，是因為義大利麵的調理很麻煩吧？」

「哎呀，被發現了嗎？」

「當然會發現。妳以為餐飲的部分是誰檢查的？」

在校慶提供的餐飲要接受衛生局的指導，所以調理步驟都會在事前檢查有無問題。政近也有參與檢查工作所以知道這件事，不過咖哩飯只要將冷凍的白飯微波加熱之後淋上咖哩醬，反觀義大利麵必須從生麵開始煮所以比較費工。此外單純是因為……咖哩飯的成本比較低。

「不對……咖哩不會太貴嗎？就算是自己做的，在校慶賣一千圓……」

而且說真的，即使是有很多富家子弟的征嶺學園，也很少看到一份要價四位數日幣的餐點。若是超高級咖啡就算了，即使有「女僕」的「親手製作」這種附加價值，咖哩依然是咖哩。只能說這種定價太強勢了。不過這位女僕長不可能貿然設定這種金額。
「請仔細看清楚。這道料理附贈和女僕雙人合照的抽獎機會。」
「雙人合照？啊啊……」
政近自己沒有去過女僕咖啡廳的經驗，但他聽說某些店集滿點數可以拍照。咖哩飯附贈抽獎機會，反倒很像是某種偶像握手券……
「順便問一下，抽中的機率是？」
「主人，這是女僕的祕密。」
「啊，起碼會稱呼『主人』是吧……」
政近反倒是對此感到意外。他脫口而出的這句話使得沙也加視線朝下，默默扶正眼鏡之後說下去。
「……請不用擔心。這邊有適度調整中獎機率。」
「啊，嗯。總之這部分我沒那麼擔心——」
「不好意思！這邊還要一份幸運咖哩飯！不加咖哩不加飯！」
「這邊也要！」
「好的～～那麼這是抽獎用的籤～～」
「嗯，抱歉借一步說話，我剛才好像聽到非常吸金的對話……」

「應該是您多心吧？」

「不是多心啦！妳自己看！那附近男生們的眼睛！所有人都完全是賭博成癮不知道何時該收手的眼神啊！」

「我們沒有強迫任何事，就只是依照主人們的願望提供服務。」

「唔，真……真是難以反駁的托辭……」

或許該說不愧是昔日的討論會女王吧。聽沙也加面不改色厚臉皮這麼說，政近反而感到佩服。此時，有希也一副佩服的樣子點點頭。

「原來如此……店內用餐影響到的翻桌率，你們是用這種做法增加平均客單價來彌補吧。」

「有希，妳這種分析也很討人厭……明明是女僕咖啡廳卻毫無夢想。」

「主人，您對於女僕咖啡廳懷抱太多夢想了吧？」

「我不要這種女僕長！」

即使被女僕長無情摧毀夢想而哀號，但因為沒抽到合照機會也不在乎，所以政近點了咖哩飯。有希與艾莉莎也跟著做，總共點了三人份的咖哩飯與飲料。

「那麼，請各位稍待。」

沙也加說完鞠躬離開之後，政近重新環視店內。令人吃驚的是店內女性店員穿的女僕服都是不同的設計。

「該怎麼說，感覺光是治裝費就很花錢……不過相對的，內部裝潢就很簡樸。」

「聽說女僕服不知道是誰靠著學生的門路借來的哦？租金很便宜。」

「喔喔，不愧是會計。」

聽到艾莉莎的補充說明，政近將視線移回前方，艾莉莎隨即以冰冷眼神看他。

「話說回來……政近同學喜歡那種的嗎？」

「咦？啊啊沒有啦，與其說我喜歡女僕……應該說我覺得女僕服很可愛。算是阿宅心態？」

「是嗎～～？」

「話說回來，入口的……是溝口同學吧。就我看來你好像對她笑得色瞇瞇的？」

「不，我並沒有笑得色瞇瞇……」

「就我看來也是這樣。」

連艾莉莎都這麼說，政近窮於回應。但他真的沒有這種想入非非的情感……在他苦惱該如何辯解時，有希輕聲一笑。

「開玩笑的啦。只是稍微逗你一下。政近同學，你對於第一次見面的對象沒什麼興趣對吧？」

「這種說法有語病……哎，算是吧。」

聽到有希這麼說，政近稍微苦笑點頭。

實際上，對於沒有交流的對象，政近鮮少站在異性的角度感興趣。真的就是在電視上看見偶像或女星的感覺。雖然會抱持「好可愛」「好漂亮」「身材真好」等感想，卻不會想要接近或是碰觸。如果後來以某種形式產生交流，到最後或許可能會出現這種情感吧。實際上，第一次見到艾莉莎的時候，政近也只是心想「真是不得了的美少女」，沒有特別想要和她建立交情。唯一的例外就是瑪利亞……更正，是小瑪。

（這麼想就覺得……當時那樣或許是俗稱的「一見鍾情」吧。）

思考這種事的時候，正對面座位的有希正在和艾莉莎說悄悄話。

「艾莉同學，政近同學當著我們的面在想別的女人喔。」

「果然嗎？我也是隱約這麼覺得。」

「欸，妳們這種『女人的直覺』說真的是什麼原理？」

總覺得兩人很有默契地讀心成功，政近以憔悴的眼神看向她們。但是艾莉莎沒回答這個問題，而是以冰冷聲音追問。

「所以呢？你剛才在想誰？」

「……綾乃啦。因為女僕的關係稍微想到她。」

「是喔～～哎，畢竟君嶋同學很可愛對吧？」

「……艾莉，我覺得妳穿上女僕服也絕對很可愛喔。」

政近為了取悅她而這麼說，然後忽然歪過腦袋。

「咦？艾莉……之前妳不是因為某個機會所以穿過女僕服嗎？」

「……是你多心吧。是不是誤會成別的事情了？」

「咦～～……？這樣啊，是我誤會了嗎……」

政近懷著有點納悶的心情點頭，有希隨即露出惡作劇般的笑容。

「政近同學喜歡女僕服啊。我改天也穿穿看吧。」

「喔～～那就隨妳高興啊？」

「……政近同學，總覺得你最近對我的態度是不是很隨便？」

「不，因為就算妳打扮成可愛的模樣也……妳懂吧？」

政近稍微皺眉這麼說，艾莉莎見狀露出稍微責備的眼神，臉頰浮現些許的優越感。

「只會疼愛妳到拍照紀念的程度。」

「討厭啦，政近同學居然說疼愛我……真是大膽。」

「不，我在開玩笑啊？艾莉？這是玩笑話啊？」

然而……

艾莉莎的眼神在瞬間變成純度百分百的凍原，政近努力安撫。不過這當然不是玩笑話。有希穿上可愛女僕服的那一天，政近會拚命拍照熱烈疼愛，不過在這裡承認這件事只會成為問題發言，所以要當成是玩笑話。

接著，艾莉莎大概是姑且接受了，掛著有點不滿的表情撇過頭去。已經完全不隱藏好感的這種舉止，使得政近心想「該怎麼說呢……」露出苦笑。

（哎，如果只是這種程度，解釋成朋友之間的嫉妒也行……）

【明明從來沒對我做出這種反應。】

（看來不行……她完全希望我把她當成女生看待。）

她本人對此卻沒有自覺，說真的這到底是怎麼回事？

（是那樣吧……她本人是「希望我在搭檔眼中總是被放在第一位！」這種想法嗎？畢竟艾莉喜歡拿第一……）

思考這種事的時候，女僕長小姐端來三人份的咖哩飯與飲料。

「請用，這是『女僕親手製作的幸運咖哩飯』。」

「啊，謝謝。」

料理與飲料上桌之後，沙也加拿來一個上方開洞的箱子。

「然後，這是抽獎用的籤。」

「啊啊，從剛才就打造出人間煉獄的元凶……」
「沒禮貌。只不過是那邊的主人們湊巧沒這個運氣罷了。」
「是運氣的問題嗎？」
雖然沒有特別計算，不過確實有五六個人交出萬圓鈔了。豎耳就聽得到「下次一定……」或「可是，繼續下去的話……」這種充滿苦惱的聲音，也聽得到乃乃亞「主人，要再來一杯飲料嗎～～？」的嬌滴滴聲音。只要坐在位子上，即使正在苦惱也會確實被收錢。有夠坑的。
（那種狀況以「運氣不好」一句話帶過也太可憐了吧……）
如此心想的政近隨便抽了一根籤。然後打開摺疊的紙張一看，上面寫著「中獎」兩字。
「啊？」
「您看，是運氣的問題對吧？」
沙也加揚起嘴角一笑，在教室裡發出響亮的聲音。
「恭喜！漂亮抽中雙人合照的權利了！」
聽到這句話，原本說著「還是放棄吧……」準備起身的男生們猛然轉過身來。此時乃乃亞立刻搭話。

「要再來一杯飲料嗎～～？」

「……要。然後再一份幸運咖哩飯！」

「嗚嗚～～……我也是！」

「啊啊，可憐的男人們再度陷入賭博的泥沼……」

冷靜想想，既然現在抽出一根中獎的籤，那麼中獎機率就比之前低了。他們肯定已經無法進行這種合理的判斷吧。說不定主要是無法原諒突然出現的這個傢伙一抽就中。

（嗯？等一下。這麼想就覺得……我中獎真的是偶然嗎？）

總不可能是那樣吧？雖然不可能……不過政近在這時候中獎，是最能重新點燃他們購買慾的場面。像這樣懷疑之後就覺得，明明其他的籤都摺得很工整，卻只有政近抽到的籤摺得比較隨便又好拿……

「啊，沒中。」

「我也是……」

有希與艾莉莎將空白紙籤放在桌上時，政近定睛注視沙也加的臉。但是沙也加露出完全看不透內心的平靜笑容詢問政近。

「那麼主人，請問您要和哪一位小姐合照？」

「咦？啊，那個……」

「順帶一提，最受歡迎的是乃乃亞。」

「不，那傢伙是——」

「果然是這樣對吧。乃乃亞！主人指名了！」

「這個女僕長都不聽人說話！」

「來了～～♡您指名我嗎？主人♡」

「……」

乃乃亞依然一副裝可愛的模樣，政近由衷投以冰冷視線。乃乃亞當然有察覺，卻完全裝作沒看見。

「那麼主人，請來這裡吧♡」

乃乃亞說完站在教室後方的黑板前面。黑板以五顏六色的粉筆畫上鮮豔的愛心、花朵與蝴蝶結等圖樣，成為一種打卡景點。

「啊啊，原來如此……在那裡拍合照嗎？」

老實說，政近不想和這個只有詭異可言的女僕乃乃亞合照。但是在這時候指名別的女學生，感覺也會產生奇怪的誤會，所以政近不發一語離席起身。

「啊啊，怎麼這樣……」

「我的乃乃亞……」

站起來之後，周圍傳來大腦失常男生們的可憐聲音。

「原來如此，這就是『ＢＳＳ（明明是我先喜歡上的）』嗎……」

「ＢＳＳ？」

政近聽著身後有希與艾莉莎的這段對話，站到黑板前面。接著，乃乃亞將一根粉筆遞給他。

「來，主人，那麼請在這裡寫下名字。」

「名字？」

「是的。在這裡寫下乃乃亞和主人的名字～～然後拍照☆」

仔細一看，正中央畫了像是兩人小雨傘的花俏十字架圖樣。乃乃亞在左側寫下自己的平假名名字。

（唔哇，好丟臉！）

以女僕咖啡廳的活動來說應該是開心的服務，不過就政近看來等同於公開處刑。而且來自背後的視線好痛。男生的怨念混入冰柱一起刺過來。

「主人？」

被乃乃亞以問句催促簽名，政近稍微猶豫之後寫下自己的名字。但他沒有在這時候停筆，而是在兩人的名字下方加上「目標是下屆學生會！」這行字。

乃乃亞一瞬間表情變得嚴肅，然而她旋即咧嘴露出愉快的笑容。

「呵呵，真是有趣的主人☆」

乃乃亞只輕聲說出這句話之後，再度裝出純真笑容。

「好的～準備好了～～」

乃乃亞說著轉身朝向沙也加，政近暗自鬆了口氣。沒錯，這不是什麼羞恥玩法，始終是用來宣傳「九条、久世組」和「谷山、宮前組」的合作關係。只要這麼想就沒什麼好害羞的——

「那我要拍了，請在胸前用手比出愛心。說完『三、二、一，LOVELOVE啾嚕嚕～～』就會拍了。」

聽到女僕長的無情話語，政近正色無語。

◇

「咖哩很好吃耶。」

「是啊，加了很多料，比想像的還要正式。」

對於出乎預料用心製作的咖哩飯感到滿足之後，政近他們起身離席。

「還沒！事到如今就衝到極限吧！」

「到了這個地步怎麼可以退縮！」

政近假裝沒發現這群已經犧牲到無從挽救的男生們，前去結帳。

「來，這是剛才的照片。」

「啊，謝謝……」

老實說政近不需要，反倒只會成為黑歷史所以想立刻扔掉。但是扔在別人看得見的地方也於心不忍。

（哎，回家再扔掉吧……）

政近如此心想，收下照片看也不看就塞進胸前口袋。走出教室之後，依照用餐時討論的計畫前往操場。

「啊，不好意思～～」

「哎呀……」

此時，似乎要去拿料理的乃乃亞從背後超越三人。乃乃亞一邊吸引走廊來往的學生視線，一邊進入用為更衣室兼調理室的F班教室。

政近不經意看著這副模樣，經過F班前方——

『各位應該很忙，不過加油吧♡』

『交給我們吧！喂，兄弟們，給我打起精神！』

『『『唔喔喔喔喔——！』』』

隱約聽見裡面傳出完美受過訓練的男生們聲音，政近看向遠方。艾莉莎也吃了一驚看向教室，像是理解般低語。

「想說店裡怎麼沒有男生……原來完全都在幕後輔助。」

「是啊。從女僕咖啡廳這個企畫來看，我猜提案的應該是男生……但是不知為何，整體來說感覺男生的社會地位很低。」

這是從男性客人——主人身上搾取金錢，將同僚男性當成勞動力恣意使喚的女僕集團。校內頂尖指揮官沙也加的統率力，以乃乃亞的魔性增幅之後就會變成這樣嗎？政近覺得這甚至近似某種洗腦。

『主廚，大事不妙！用來存放料理的鍋子不夠用！』

『啥？你這笨蛋！現在立刻去買回來！』

『咦，買這麼大的圓筒鍋……？』

『所以怎樣？女生們都在辛苦接客！你也要給我拚命一點！』

『呃！遵命！』

……男生之間的互動，感覺已經不只是運動社團而是軍隊的作風了。

「……該怎麼說，是感覺得到各種黑暗面的女僕咖啡廳。」

「現在才說有點晚，不過阻止沙也加她們成為國中部學生會長的我們，其實可說是MVP吧？我開始這麼覺得了。」

「哎，不過看起來沒人是被逼的……考慮到班級的團結力就還好……吧……？」

政近等三人都露出微妙表情聊著這種事，並且離開現場。

然後，三人在周圍的注目之下逛攤位三十分鐘，有希確認時鐘之後開口。

「那個，我大概再二十分鐘就要回去做執行委員的工作……方便的話，最後可以來看看我們班的攤位嗎？」

這個提案通過，三人來到一年A班的教室。室內各處掛著廟會風格的燈籠裝飾，排列著釣水球、射擊、套圈圈等區域。

「歡迎光──九，九条同學？好厲害……」

入口附近的男生看向艾莉莎，嚇一跳之後說不出話。其他學生也一樣，突然聽到驚叫聲轉過身去，對於入內的成員吃了一驚，接著看見艾莉莎的打扮而語塞。看來即使是已經看慣艾莉莎的隔壁班學生，也被精靈造型的艾莉莎震撼到了。

「各位辛苦了。這兩位由我來接待，請各位繼續進行手邊的工作。」

有希抓準所有人意識變得純白的時間點這麼說，於是恍神的A班學生們慢慢開始行動。然而大概是依然在意，在招呼面前的客人時也不時瞥向艾莉莎。只不過客人的反應也不例外。

「那麼艾莉同學，有什麼想玩的嗎？」

「那個，我看看……我想玩那個釣水球。上次的祭典我連一顆都沒釣到，所以想要雪恥。」

艾莉莎說完的瞬間，正在釣水球的學生便迅速讓位。反應的速度快到艾莉莎有點嚇到。

「請……請吧請吧，九条同學！這邊請！」

釣水球的店員伸手朝著空位示意，透露出優越感與喜悅這麼說。艾莉莎戰戰兢兢走過去的時候，政近脫下長袍交給她。

「啊？咦？」

「把這個蓋在腿上吧。不然可能會像上次那樣被水濺到。」

「啊……」

不同於政近的長袍是廉價市售品，艾莉莎的服裝是手工縫製的高級品。然而政近說不忍心弄濕服裝是藉口，實際的重點是防止她蹲下來的時候走光。艾莉莎似乎也察覺這一點，有點害羞般裝出冰冷的眼神輕聲說「謝謝」。

就這樣，艾莉莎抱著長袍快步走向釣水球的場所，政近原本想跟過去……但是艾莉莎周圍轉眼之間形成人牆，政近露出苦笑。

「喂喂喂……別的攤位怎麼辦啊？」

連負責其他區域的學生們都棄守崗位，有希對此也不禁苦笑。

「哎，反正其他客人也都去看熱鬧了……現在這樣，艾莉同學簡直是存在本身就會妨礙營業耶。」

「是啊……話說從剛才就一～～直變成空氣的那個人，我別吐槽比較好嗎？」

「現在請不要提這件事。身為女僕的她，現在心情好像很複雜。」

「這樣啊。」

「所以呢？政近同學要玩什麼？如同剛才所說，由我來接待你這位客人吧？不提供獎品就是了。」

「居然不提供嗎？」

「因為要是提供的話，全都會被你拿走吧？」

「是沒錯啦。」

周圍沒人，所以兩人比剛才稍微回復本性進行對話。

「這個嘛……不過即使是政近同學，我覺得也拿不到那個東西哦？」

有希說完指向大大放在射擊台上層中央的熊布偶。不同於其他獎品，布偶穩穩坐在台子上，看起來無法輕易撼動。

「……總覺得氣勢好驚人。」

「聽說是英國知名品牌的泰迪熊。匠人手工縫製僅此一件，對於收藏迷來說是求之不得的極品哦？」

「為什麼這種東西會成為打靶的獎品？」

「因為是征嶺學園。」

「唔，好強大的說服力。」

嘴裡這麼說的政近走向打靶台。既然被下了戰書，做哥哥的就要負責回應。

「好的，那麼五發是三百圓。」

「不對，居然要收錢？」

「相對的，只要打下那隻布偶就一定會送你。」

有希面不改色這麼說完，回復本性的臉蛋笑嘻嘻地低語：

「（My brother，要不要送給艾莉同學當成校慶的回憶呢？）」

聽到有希這麼說，政近露出認真表情轉頭看向艾莉莎，然後默默拿出錢包。

「總之先五發。」

「好的～～」

政近從有希手中接過五顆軟木塞子彈，以熟練的動作裝進槍身，瞄準布偶不動。然後他靜靜扣下扳機，軟木塞子彈精準射向布偶頭部——發出「波」的聲音被彈開。

「不，這玩具槍的威力太差了吧？」

「所以我不就說拿不到了嗎？」

「但還是太誇張了。連娃娃機的夾子都會設定成只差一點就夾得住的強度吧？」

明明完全打在額頭上，卻只有頭部稍微晃動。布偶依然以甚至可以形容為目中無人的模樣坐在台子上。政近定睛注視布偶稍微彎腰向前的姿勢，詢問有希。

「……有希，槍有幾把？」

「嗯？總共姑且是四把。」

「剩下的都拿給我。」

拜託有希將四把槍並排之後，政近將剩下的四顆子彈分別裝進四把槍。

「……想要連射嗎？但我不認為這種程度就打得下來。」

「有希……」

聽到妹妹的猜想，政近像是責備太早下定論般叫著她的名字，然後就這麼凝視布偶靜靜開口。

「其實啊，我最近在練習發勁哦？」

「真的假的？大家都愛這一味喔！」

妹妹不由得露出本性，政近輕聲一笑，像是從下方仰望般架槍。

「我來教妳吧……重要的是力道的傳導方式。」

政近果敢這麼說，扣下扳機。

射出的軟木塞子彈鑽過布偶正下方，在背後的黑板反彈，直接命中布偶的後腦勺。政近沒見證這個結果，接連換槍正確射中相同的場所。

這麼做的結果，稍微彎腰向前而坐的布偶像是撲倒般摔到下一階，連同放在該處的獎品一起掉到地上。

「好！」

「好什麼好？發勁去了哪裡？」

「沒錯，這就是祕技『無間勁』。」

「吵死了。」

有希一臉嚴肅吐槽之後，像是傻眼般嘆氣撿起布偶。

「啊～～啊，沒想到真的被你拿走……明明預定要當成明天的主力獎品……唉，約定就是約定。給你。」

有希說完將布偶交給政近，然後咧嘴笑著看向艾莉莎。

「呼呼～～那麼請開始吧？又喜又羞的送禮時間～～♪」

有希盡顯看熱鬧的心態說出這種話，政近卻將剛才收到的布偶交給她。

「喔……？」

「送妳。」

「啊？」

有希發自內心感到錯愕，政近露出溫柔又有點悲傷的眼神開口。

「妳現在已經可以放布偶在身邊了吧？」

這是政近還在周防家的時期。當時有希的兒童氣喘很嚴重，容易沾附家中灰塵的布偶不能放在身旁。兒時經常隨身攜帶的布偶也被清理掉，一直待在以清潔為第一優先，像是病房的簡樸房間過日。

那個時候，政近在電子遊樂場獲得的布偶熊沒能送給有希。殘留在內心深處的這份感傷，如今推動政近這麼做。

「……」

聽到政近這麼說，有希緊抱布偶低頭，像是在忍受什麼般顫抖肩膀數秒，然後忽然以平靜的表情抬起頭。

「好險……差點就在大白天的教室開搞了。」

「開搞什麼？」

「真是的，繼續賺取我的好感度是想怎樣？明明早就已經全滿了……」

「我是釣到魚之後也會繼續餵食的那種人喔。」

「受不了，我親愛的哥哥大人真可惡。」

有希說完將嘴埋進布偶，害羞扭動身體。

「唔呼呼～～哎喲……哥哥真是的……哥哥為什麼是哥哥呢？」

「因為我比妳早出生吧？」

「什麼嘛，只是這樣嗎？那就不必尊敬了。」

「怎麼突然這麼說？」

有希突然變得面無表情，政近正色吐槽。然後他稍微思考，賞個白眼繼續吐槽。

「……話說啊，我不記得被妳尊敬過。」

「……咦？我也不記得耶。」

「那不就沒尊敬了？」

「如果你想被我尊敬，我覺得應該採取相應的態度喔。」

「如果妳想要一個值得尊敬的哥哥，我覺得應該採取相應的態度喔。」

氷

「我這個全世界最可愛的妹妹大人哪裡令你不滿了？」
「比方說表情從剛才就一直亂變的這部分。」
「我每次感覺到視線都必須切回大小姐模式。」
「妳的超知覺也太猛了吧，喂。」
「很靈巧吧？」
「很異常。」
對於哥哥的吐槽。有希以大小姐模式優雅一笑，然後陶醉露出幸福的笑容。
「謝謝哥哥。」
「嗯。」
政近忍不住想摸她的頭，考慮到場所僅微微點頭。有希像是連這一點都理解般微笑，兄妹之間流動著溫馨的空氣——寒流緊接著席捲而來，使得兩人肩膀同時一顫。
轉身一看，艾莉莎拿著水球在人牆後方筆直瞪向這裡。她像是幽魂般緩緩起身，學生們被這股氣魄嚇得後退，她就這麼鑽過人群走過來，以完全沒在笑的眼睛朦朧一笑。
「你們好像很快樂。」
「是……是啊……艾莉也是，感覺氣氛炒得很熱？」
「嗯，算是吧……因為我千辛萬苦才終於釣到一顆。」

「喔喔，太好了——」

「所以？在我拚命奮鬥的時候，兩位在做什麼？」

艾莉莎就這麼維持沒在笑的笑容歪過腦袋，政近當然不敢說「我們在卿卿我我」，就只是平淡陳述事實。

「……玩了打靶。」

「然後呢？」

「有希說我應該拿不到這個……所以我賭氣想拿給她看。」

「好的，然後呢？」

「拿到之後……總之我用不到布偶……所以想說送給有希。」

「喔～」

艾莉莎發出暗藏滿滿玄機的聲音時，終於察覺事態不妙的A班學生開始慌張。

「咦，等一下，布偶被拿走了？」

「騙人的吧？我完全沒看見！」

「不不不，終究不可能吧。咦，沒人看見？」

面對依然不敢相信的班上同學們，有希朝著教室角落開口。

「完全沒有作弊，真的用槍打下來了啊？對吧綾乃？」

回應有希的呼喚，至今一直成為空氣的綾乃靜靜走向前。

「是的，確實如此。」

綾乃面無表情點頭之後，A班學生一齊抱頭。說著「不會吧」或是「明天的獎品怎麼辦」呼天搶地的學生們當前，綾乃略顯驕傲又像是感觸良多般繼續說。

「真的是美妙到神乎其技……政近大人的祕技『無間勁』。」

「不，等等！」

政近慌張出聲的同時，喧囂聲驟然而止。所有人就這麼抱著頭露出正經表情，目不轉睛看向綾乃與政近。

「祕技……什麼？」

「咦，他自己這麼說？」

「天啊……」

「不對——我只是開玩笑這麼說啦！」

眾人一齊投以不敢領教的眼神，政近即使連忙辯解也無法改變氣氛。

「政近同學……」

「艾……艾莉？」

「……在校慶玩過頭也不太好，要適可而止喔。」

「拜託不要用同情的眼神看我！」

A班教室響起政近悲痛的吶喊。

第3話

比起討論會更拿出真本事了

「是我的錯，別這麼鬧彆扭啦。」

「我又沒有鬧彆扭。」

被A班學生加上「廚二病患者」這個烙印的政近離開教室，在漫無目標走在走廊的同時，努力討好依然不高興的艾莉莎。

總之仔細想想也可以理解艾莉莎的不滿。從觀眾們的熱烈聲音可知，艾莉莎的釣水球復仇戰肯定很壯烈吧。在反覆挑戰又失敗的過程無數次後，最後終於釣到水球，當她伴隨著成就感轉身一看……一起逛攤位的兩人卻完全沒觀看這場殊死戰，扔下艾莉莎和睦玩樂。要是毅與光瑠做了同樣的事，政近應該也會覺得被排擠導致內心一緊吧。

【明明是我的搭檔……】

「……拜託不要用俄語嘀咕，很恐怖。」

會基於另一種意義導致內心一緊。

「不，那個……雖然只是辯解，但我原本也想看妳釣水球啊？只是不知道為何人超多的。該說妳也已經博得相當的人氣嗎……」

政近結巴這麼說，艾莉莎把玩著頭髮瞥向他。

「……說這種話的你，在班上不是也變得相當可靠嗎？」

「咦？什麼事？」

「剛才輪班顧攤的時候……你不是自然而然帶領班上做事嗎？」

「……啊啊。」

聽她這麼說就發現確實如此。最近經常以校慶執行委員的身分向別人下指示，所以沒有特別注意到這一點。

不過冷靜想想，政近直到第一學期在班上的評價大致是「又笨又不認真的阿宅」。雖然不會當面被瞧不起，但也因為出身於中等家庭而確實被視為「下層」人種。

政近對這件事本身不會特別在意。反倒是為了和周圍的人們建立圓滑的人際關係，他甚至認為多少被瞧不起的這種程度剛剛好。如同「棒打出頭鳥」、「真人不露相」等話語所示，胡亂招搖會遭人提防，反過來說要是被瞧不起，對方也會放鬆戒心，變得容易有機可乘。

要展現自己的能耐，先等到深入對方防線再說。對方看出端倪的話，這邊再改變應對方式。對方依然故我的話，就適度奉承之後掌握主導權……除了這方面的盤算，也單純是因為不小心被別人期待的話很麻煩。

「聽妳這麼說來……也對。」

政近不記得特別展現過什麼能耐，但是感覺自己在班上的評價不知不覺改變了。契機是什麼呢……想到這裡就覺得無須多說，應該是因為加入學生會吧。

「結業典禮的致詞果然是一大原因吧？」

「咦？啊～～……或許吧。」

聽到艾莉莎這麼說，政近稍微思考之後點頭。

回想起來，那時候政近在全校學生面前說出「在國中部擔任影子副會長」這種話。實際上，在國中部經營學生會的時候，政近始終貫徹幕後角色。有希是過於可靠的搭檔，所以他雖然在檯面下偷偷摸摸，相對來說在檯面上的各種活動就低調行事讓有希活躍。正因如此，直到政近在那次致詞表明身分，幾乎所有學生可能連他當過副會長都不記得吧。即使是同班同學也不例外。

「致詞之後股價稍微看漲……進入第二學期之後又擔任校慶執行委員做了各種事，自然而然就被另眼相看，大概是這種感覺？但我自己這麼說也不太對。」

「就是這樣吧？比起我，大家不是更加依賴你嗎？」

「不……總之，也可能是大家認為麻煩事都很容易扔給我吧。」

總覺得又會演變成是否適任搭檔之類的話題，所以政近稍微開個玩笑。

「不過……原來如此。過人的才幹想藏都藏不住耶。」

政近撥起頭髮輕哼一聲，露出冷傲的笑容。

【明明再稍微藏一下也沒關係吧……】

艾莉莎隨即鬧彆扭般撇過頭去，輕聲以俄語呢喃。

「……妳果然在生氣吧？」

「沒有啊？我只是覺得你或許忘了和我的那個約定。」

「約定？」

政近真的不知道是在說什麼而歪過腦袋……被艾莉莎狠狠一瞪，他連忙搜尋記憶，然後搜尋到先前在音樂室附近階梯和艾莉莎的對話。

「呃，啊，啊啊～難道是那件事嗎？說好要和妳一起逛校慶……咦，現在不就在逛嗎？」

「現在這個……不算數。因為你沒約我。」

「咦，這很重要？」

「很重要。何況我沒說過要一起逛。我說的是『要在校慶討我歡心』。」

換句話說，她現在不開心嗎……想到這裡，再對照現在害她不高興的狀況，政近再也無法多說什麼。

【說起來，剛才也不是只有我們兩人一起逛。】

（啊，嗯……說得也是。）

【不是順其自然……要好好主動約我啦。】

（對不起。）

【要更浪漫一點。】

（拜託不要提升難度。）

看來艾莉莎希望政近正式以約會的形式邀她。從艾莉莎的態度來看，她個人應該是想要維持「只要你低聲下氣邀約，要我陪你逛也沒問題哦？」的公主大人立場吧。這麼一來也可以理解她說「現在這樣不算數」的心情。

「是我錯了啦……我明天會好好補償。」

「……是喔。」

艾莉莎冷淡回應之後撇過頭去。看來因為政近想要把「現在這樣」當成自己已經履行承諾，所以惹得她完全不高興了。

（唔～～這該怎麼辦呢……哎，不過這完全是我的錯。）

反倒應該感謝她給我挽回的機會吧……政近如此心想，注視艾莉莎快步離去的背影時，忽然發現艾莉莎前方的學生舉起手機。政近在發現的同時迅速鑽到艾莉莎面前，以右手張開長袍遮住她。

「好的，那位同學，我非常理解你想拍攝這位超～美麗精靈小姐的心情，但是拍照之前可以先徵得許可嗎？」

像這樣以稍微打趣的口吻警告之後，這名男生露出尷尬表情匆忙離開。

幸好他是明理的學生……不過政近安心的時間沒有太久。

「咦，徵得許可就可以拍照嗎？」

附近的幾名女生把政近的話語當真，一起拿著手機接近過來使得政近愣住。而且連其他路過的學生看到這一幕之後也停下腳步，期待拍照的機會。

「不，剛才那只是委婉的說法——」

「九条同學看這裡！」

「精靈小姐！可以拍張照嗎？」

「那個，可以的話請和我合照……」

個性開朗的女學生們不在乎政近的話語，不斷接近過來。

（慢著，好積極！怎麼辦？考慮到選戰應該欣然答應拍照嗎？反正女生應該不會別有用心……不，可是這時候只要答應任何一人，事情肯定會變得無法收拾……）

總之應該先確定艾莉莎的意願……政近轉身看向後方，艾莉莎也以不知道該如何反應的模樣看向政近。

（啊，嗯……雖然不是絕對，但她看起來沒辦法笑著拍照。這時候果然還是應該拒絕——）

政近判斷之後決定還是要拒絕，將頭轉回前方……

「各位小姐？強硬的做法並不美麗哦？」

一個凜然的聲音貫穿喧囂，包括政近在內的現場所有人，一起轉頭看向聲音來源，然後全部在瞬間被吸引注意力。

位於該處的是彷彿英勇與高潔的體現，身穿騎士服的女性團體。站在最前方的是一頭蜂蜜色耀眼縱捲髮的美麗女學生。這個人正是女子劍道社社長暨風紀委員會副委員長桐生院菫。

「菫學姊……！」

「真的很寶塚……！」

剛才想拍艾莉莎照片的女學生們，也為她英挺美麗的樣貌著迷。菫悠然走向這樣的她們，將視線投向以長袍保護艾莉莎的政近，理解她意思的政近放下右手。菫對此輕聲露出滿意的笑容，看向女學生們開口。

「想要親近女性的時候不應該強硬進逼，而是以紳士態度提出邀求。是的，就像這樣。」

菫說完之後優雅撥開披風單腳跪地，將右手放在自己胸口，左手伸向艾莉莎。

「美麗的精靈大小姐，是否可以請您賜給我這份榮譽，讓我擷取您一瞬間的倩影嗎？」

「……啊，好的。」

就像是所有女生心目中理想王子的這份舉止，讓艾莉莎不禁點頭答應。接著……

「「「「呀啊啊啊啊啊——————！」」」」

彷彿會撼動走廊窗戶的興奮尖叫聲爆發了。應該說窗戶真的搖晃了。

菫以全身承受女學生們的興奮尖叫，不經意像是保護艾莉莎般起身，朝著現場的學生這麼說。

「明白嗎？身為征嶺學園的學生，隨時都不能忘記禮節。」

菫像是規勸般這麼說，接著繼續開口。

「總之，我不認為妳們突然就能達到我的水準……所以我先擔任練習對象吧。」

菫一邊這麼說，一邊將視線掃向最接近她的女學生。

「來吧，妳要提出什麼要求？」

「好，好的……那，那個，您一瞬間的——？」

「不必勉強，以妳的話語誠實提出要求就好。」

「那，那個！方便讓我拍一張照片嗎？」

「好的，沒問題。」

董悠然一笑，一秒就擺出意識到相機的完美姿勢與表情。同時她放在背後的手輕輕揮動，見狀的政近帶著艾莉莎悄悄離開現場，也沒忘記在這時候輕聲道謝。

（謝謝您，拜奧蕾特學姊。）

「我叫做董！」

看來只有這句話沒聽漏。

董立刻出言否定，政近稍微笑了。然後他看著一邊配合拍照一邊整頓交通的董，像是佩服般低語。

「受不了，那個人的那一面真的是一種才華……非常清楚如何表現自己的魅力。不過在裝模作樣的這一點，她的堂弟雄翔也一模一樣。」

即使如此，雄翔像是王子般的舉止也隱約令人感到厭惡，大概因為政近是男生吧。

「啊，艾莉妳還好嗎？剛才那樣算是博得人氣的弊害吧……」

「嗯，總之……謝謝你保護我。」

艾莉莎移開視線輕聲道謝，政近聳了聳肩。

「不用在意。我覺得反倒是我害得騷動變大……對不起，我失敗了。」

「不，我剛才也沒辦法自己做些什麼，所以不能責備你。」

「嗯……總之，今後可能也會發生這種事，所以彼此多加努力吧。」

「……也對。」

至此暫時陷入沉默。經過這番風波，艾莉莎的心情回復了，如今卻是氣氛變得有點沉重，政近搔頭思索該怎麼辦。他不經意環視周圍，注意到附近的教室。

「啊，這裡是……瑪夏小姐與更科學姊經營的魔術酒吧對吧？要不要去看看？」

「咦？……哎，好吧。」

「好。啊，兩人有位子嗎？」

「請進～～請找空桌子坐吧～～」

在入口學生的帶領下入內一看，比想像中陰暗的室內令政近瞇細眼睛。室內低調播放爵士樂，整體洋溢沉穩氣氛。長桌朝著入口方向排成ㄇ字形，各自正在表演魔術。

「啊，艾莉、久世學弟，歡迎光臨～～」

聽到熟悉聲音的呼喚轉頭一看，似乎剛好閒著沒事的瑪利亞招手要他們過去。

「喔喔，瑪夏小姐……總覺得看起來很成熟耶。」

「真的嗎～～？謝謝～～唔哇，艾莉也好可愛！」

像往常一樣，她的甜美笑容讓人不禁露出微笑。不過室內的沉穩氣氛以及襯衫加背心的酒保服裝，為瑪利亞賦予成熟的魅力。雖然原本就年長，但是現在的瑪利亞強烈散發溫柔成熟大姊姊的氣息，政近有點臉紅心跳。

（唔哇，大事不妙……要是這樣的大姊姊邀我喝酒，我可能會無限喝下去。）

不禁思考這種事的政近，坐在瑪利亞所在的桌子前方。桌腳有點高的長桌上，像是要隱藏桌腳般鋪著大大的桌布。大概是要避免客人這邊看見魔術師腰部以下的部位吧。看得出桌子的配置也是貼心避免客人繞到魔術師背後。

「啊，我沒想太多就坐下來了，艾莉坐這裡沒問題嗎？」

「總之，我不在意……但我有點擔心是否能欣賞像樣的魔術。」

「啊～～瞧不起我～～姊姊我還是可以好好變魔術哦？因為練習了很～～多次。」

瑪利亞扠腰裝出氣沖沖的模樣。但她立刻笑咪咪地將價目表遞到兩人面前。

「要喝什麼飲料？雖然是理所當然，不過都是無酒精飲料，所以放心吧？」

依照「魔術酒吧」的概念，價目表井然有序排列各種無酒精雞尾酒的名稱。政近基於知識知道其中幾種，艾莉莎卻好像不熟悉雞尾酒，面對乍看完全看不懂詳情的名稱愣住了。不過大概是自尊心不允許她詢問姊姊「這是什麼樣的飲料」，就只是默默定睛瞪著價目表。

「那麼，我要仙杜瑞拉。」

「啊，那我也要一樣的……」

「好的～兩杯仙杜瑞拉是吧～嘻嘻，感覺王子大人會很為難。那麼，等我一下下哦？」

瑪利亞應該有察覺艾莉莎故做鎮靜吧。但她沒有特別做出這種反應，回收價目表之後蹲下去。接著她暗中準備一段時間，然後拿著雪克杯與玻璃杯起身。

「那麼，開始做仙杜瑞拉吧～？但我不是會使用魔法的老奶奶喔。」

瑪利亞隨口說著奇妙的話語，將雪克杯一分為二，把寶特瓶的水倒入下半部。

「咦，等一下？」

無視於疑惑的艾莉莎，瑪利亞將雪克杯組合起來，就這麼開始搖動。然後她打開雪克杯的蓋子，在玻璃杯上傾斜杯身──黃色的飲料隨即注入玻璃杯。

「咦？……啊！」

艾莉莎發自內心發出詫異的聲音，然後像是驚覺不對般閉口。但是已經發出的聲音無法消除，瑪利亞稍微露出得意表情，將玻璃杯放在艾莉莎面前。

「來，請用。」

「喔喔～～」

政近拍手之後，艾莉莎也有點懊悔般拍手。政近當然有察覺這個魔術的手法。身為阿宅的政近為了因應隨時可能被捲入的賭命遊戲，早就將所有的老千技術以下略。

現在這個魔法的祕訣很單純。雪克杯的上半部與下半部分別是獨立容器，上半部預先裝入仙杜瑞拉，如此而已。即使看穿，政近當然也不會不識趣地揭發手法。因為即使看穿也要做出吃驚的反應，這是一種禮貌。

「那麼，接下來表演撲克牌魔術哦？」

瑪利亞說完之後，這次是拿出桌墊與撲克牌，將桌墊放在桌面，然後放上撲克牌。動作很熟練，看得出她確實練習過許多次。

「那麼，首先將這副牌分成兩份。久世學弟，可以在你喜歡的時候說『停』嗎？」

「好的。」

政近假裝成外行人，聽從瑪利亞的指示。

（雖然和艾莉說的一樣有點擔心……不過看起來完全沒問題。哎，也對。瑪夏小姐在艾莉面前總是軟綿綿的模樣，但她基本上是一位很可靠的人。）

政近就像這樣暫時安心……但是他不知道，其實瑪利亞從可靠大姊姊變成傻大姊，是基於某個相當明確的法則。

說穿了很單純，不過瑪利亞只要心想「我必須振作一點！」就會成為可靠大姊姊。比方說在面對需要提防的對象時，或是身邊的人無法依賴時。反過來說，如果身邊的人愈能信賴，瑪利亞就愈容易心想「我不必振作也沒問題吧～」而鬆懈變成傻大姊。

依照這個前提，現在瑪利亞面前的人是誰？沒錯，是艾莉莎與政近。都是瑪利亞最信賴又最喜歡的人。面對這樣的兩人，瑪利亞在幸福感的輔助之下處於軟綿綿的巔峰狀態，甚至可以說是傻呼呼的狀態。以智能指數來說是50，以平均值來說下降30左右。結果就是……

（咦？剛才……不是應該要使用雙翻手法嗎？）

政近對於瑪利亞的魔術步驟感到不對勁，但是瑪利亞不以為意繼續進行。

「現在，艾莉選的牌放進口袋了。不過，只要在這裡施咒……三，二～～一！」

倒數完畢之後，瑪利亞在牌堆上方以手指打了一個完全不響的聲音，然後將最上方的牌翻開一看……又是背面。

「哎呀？」

「「……」」

背面朝上的牌，翻過來又是背面……這是最不該看見的場面。

「不好意思，瑪夏小姐，可以再給我一杯嗎？」

「啊，好的～～」

政近想不到巧妙的打圓場方式，決定當成什麼都沒看見。艾莉莎也露出無法言喻的表情，將玻璃杯送到嘴邊。看來即使對方是姊姊，她在這種狀況也終究無法吐槽。

「那……那麼重新打起精神，這次用杯子與球變魔術給你們看吧！」

在兩人的貼心之下，瑪利亞以別的道具重新表演……但是後來只能說一團糟。完全沒有照著預告的狀況進行，也看見許多不該看見的東西。每次出狀況，政近與艾莉莎就拿起飲料喝，回過神來已經是第四杯仙杜瑞拉了。

「唔～～……對不起哦？看來我今天狀況不太好。」

「今天狀況不好是最不應該的吧……」

「不，總之那個，直到剛才都很順利對吧？既然觀眾是自己人，變起魔術果然不順手吧？」

屢次的失敗使得艾莉莎終究冰冷吐槽，政近對此努力打圓場。教室的門在這個時間點開啟，不經意看向門口的瑪利亞表情頓時一亮。

「啊，茅咲～～這裡這裡～～」

「嗯？瑪夏，怎麼了？」

朝著瑪利亞搭話的方向看去，只見身穿酒保服裝，單邊戴著紫石耳環的茅咲正要走進來。

褲裝打扮很適合高䠷的茅咲。再搭配她英挺的容貌，渾身洋溢著冷豔成年女性的氣息。

「唔哇，更科學姊好帥！」

「哈哈，謝謝。」

聽到政近脫口而出的稱讚，茅咲笑著回應。連這個反應都感覺到成年人的從容，政近不由得出聲感嘆。體感溫度下降三度了。政近假裝沒察覺。

「對不起～～我變魔術一點都不順利……這樣下去我會過意不去，所以可以代替我變一個魔術給他們看嗎？」

「咦？啊啊，總之沒問題啦……」

茅咲稍微眨了眨眼，在摸索背心口袋的同時和瑪利亞換位置，然後清了清喉嚨。

「唔嗯，那麼，我來變一個魔術給你們看吧？這裡有一枚硬幣。」

茅咲說著從背心口袋取出電子遊樂場的代幣，輕輕叩在桌面。

「如你們所見，只是普通的硬幣。請拿在手上確認。」

茅咲敲出鏗鏗的堅硬聲音給兩人聽，然後將硬幣遞給政近。政近稍微把玩就立刻交給艾莉莎。在這種時候交到觀眾手上的硬幣，十之八九真的沒有任何機關。原則上反倒是在這樣檢查的時候設下某些機關，或是之後掉包成暗藏機關的硬幣。正因為知道這一點，所以政近注意的不是硬幣而是茅咲的手。

（總之，看起來沒帶其他道具……既然是只用一枚硬幣變的硬幣魔術，大概是不使用詭計的純粹技術吧？）

政近仔細思考這種事的時候，艾莉莎也檢查完畢，硬幣回到茅咲手中。接著，茅咲露出老神在在的笑容這麼說。

「那麼，首先將這枚硬幣分成兩半。」

「要分成兩半嗎？」

「嘿！」

「哇喔～～」

「咦咦……」

茅咲以像是撕紙的動作，將硬幣啪嘰啪嘰撕成兩半。轉眼之間，硬幣成為兩個朝著相反方向翹起來的半圓形。

「請仔～～細看清楚。確實變成兩半對吧？」

「是的，嚇我一跳。」

「咦，不……咦？」

原本是硬幣的物體，在茅咲手上發出相互碰撞的聲音。

「那麼，把這個握在手中。」

茅咲說著將一分為二的硬幣握在右手，舉到臉部的高度，然後以左手開始倒數。

「要開始了哦？三，二～～一，霸！」

隨著與其說是施咒應該說只像是必殺技出招的這個聲音，茅咲的右手猛然握緊。然後她慢慢張開右手——

「請看！變成兩半的硬幣消失，出現小鋼珠了！」

「喔～～」

「小鋼……珠？」

艾莉莎在拍手的同時稍微歪過腦袋。政近也很清楚她的想法。因為雖說是小鋼珠，表面卻浮現像是硬幣的花紋。但是政近沒指摘。因為即使察覺也不能指摘，這是一種禮貌。絕對不是因為害怕。

「如何？有趣嗎？」

「與其說有趣，應該說厲害。我認為可以稱霸世界。」

「應該說是魔術還是神技……」

對於艾莉莎這個評價，政近也深深點頭。確實，與其說是魔術更像是神技。不知道是否察覺學弟妹的這種心境，茅咲害羞搔了搔臉頰。

「真的嗎？太好了～～……不枉費我請師父教我這一招。」

「那位師父到底是何方神聖？」

「那個，姑且是我的奶奶……」

「居然是高齡長輩……不對，是鋼齡長輩嗎？」

「你們看得開心就好。那麼，既然瑪夏好像表演得很失敗……表演費給個心意就好吧？」

「看過這種表演之後說『表演費給個心意就好』，實質上是勒索吧……」

「咦，你說什麼？」

「沒事。」

按照定價付錢給發自內心詫異的學妹之後，政近與艾莉莎走出教室。

「……果然沒欣賞到像樣的魔術。」

「嗯……雙方基於另一種意義都不是正常的魔術。」

不過感覺欣賞到比魔術更厲害的某種表演了。

「那個是怎麼回事呢……是使用柔軟的金屬嗎？」

「天曉得？說起來根本不知道有沒有機關……」

「如果像瑪夏那樣好懂就好了。真是的，感覺光是今天就看見各種手法了……」

「嗯，算是吧。」

「唉，真虧瑪夏那副調調還做得下去……但我聽說身為學生會幹部的她相當受到眾人依賴……」

「……」

艾莉莎露出懷疑表情，政近朝她含糊一笑。

艾莉莎肯定發自內心認為瑪利亞是個性悠哉軟綿綿的姊姊吧。實際上，瑪利亞在艾莉莎面前會無條件變得軟綿綿，所以這份印象變得強烈也在所難免。

（應該是幾乎沒看過姊姊振作的模樣吧。）

這麼想就覺得有點可惜，不過瑪利亞也是自願被艾莉莎視為「不可靠的姊姊」，所以政近即使略感惋惜也沒多說什麼。

「那麼，差不多該去執行委員會那邊了，要回去換裝嗎？」

「啊……嗯，也對。」

「話說艾莉，妳這套衣服去手工藝社換掉就好吧？」

政近看著艾莉莎這套用心程度明顯不同的精靈服裝這麼問，艾莉莎回答「是的」點點頭。聽到回應之後，政近前往手工藝社的社辦。

「喔，久世兄。」

「啊，哈囉。」

認識的女社員剛好在顧攤，和她四目相對的政近稍微舉手示意。長長的黑髮束在脖子後方垂下，氣質宜室宜家的她，是相當標緻的美少女。

她是政近在國中部學生會當副會長時擔任手工藝社社長的同年級同學，因為這個緣分成為在各方面相互協助的交情，也是俗稱「對阿宅友善的美少女」。加上個性平易近人，所以在部分男生之間非常受歡迎……但是政近基於她當年說出的某句名言而稱呼她「開衩大姊大」。在這裡再說一次，她是同年級同學。

「今天是來看展覽嗎……應該不是吧？」

「嗯，重點是讓艾莉換裝。」

「收到。那我去叫縫製這套衣服的女孩子們哦？啊，你們等待時順便逛逛吧。」

在催促之下進入社辦一看，穿上各種服裝的全身或半身假人模特兒在內部展示。以經典的婚紗為首，哥德服、舞女服，偶爾還有無尾禮服或軍裝等等，完全反應製作者嗜好的作品擠滿裝飾空間。

「該怎麼說……真是壯觀。好像角色扮演服裝店。」

「實際上應該差不多吧。大家真的是恣意製作喜歡的服裝。」

「唔哇，這個蕾絲好細緻！總覺得水準高得亂七八糟……」

「這套禮服，真的像是店裡在賣的……」

誇稱具有驚人完成度的各種服裝，使得政近與艾莉莎甚至忘記原本目的看得入迷。在分別自由參觀的這時候，政近忽然看向開衩大姊大發問。

「我說啊，既然艾莉穿著那套精靈服，這些展示的服裝也提供租借嗎？」

「咦？不……唔～～一般沒有在租借，不過作者答應就可以吧？」

「換句話說，就是模特兒是否能讓作者滿意嗎？」

「哎，就是這麼回事。此外單純也有尺寸合不合的問題。不過只差一點的話可以當場調整。」

「這樣啊……那麼，我有一個小小的請求……」

兩人悄悄討論事情的時候，艾莉莎露出詫異表情走過來，政近隨即結束交談。

「嗯？發生了什麼事？」

「沒事啊？只是在聊妳這身扮裝的品質太好，差點被大家狂拍照。」

「沒錯沒錯，但我也能理解大家想拍照的心情喔～～」

開衩大姊大立刻配合這麼回答，政近在內心感謝的同時頻頻點頭。接著，艾莉莎看起來也沒有特別起疑，稍微板起臉。

「雖然並不是現在才開始……但是被陌生人要求拍照，我不知道該怎麼反應。」

「啊，原來妳平常就會被這樣搭話是吧。」

「偶爾會……但我每次都拒絕了。」

「這還真是……美女也很辛苦耶。」

政近懷抱同情之意如此回應，艾莉莎隨即將視線朝向斜下方，把玩頭髮低語。

【不過如果是你……我就准你拍。】

對此，政近也率直心想「真的嗎」。

若問政近是否想拍現在的艾莉莎，他肯定想拍。這種超高品質的真人版精靈小姐，絕對要留下記錄。不過先前才阻擋其他人拍照，現在要拜託也會令政近躊躇……

（唔，怎麼辦……？我知道只要拜託她就可以拍照，就算這樣，拜託這種事還是會不好意思……！可，可是，一時的害羞以及艾莉的照片，要我二選一的話……！）

強烈苦惱數秒之後，政近做出結論。

「艾莉。」

「？」

「雖然經過剛才那陣風波，現在說這種話也不太對……不過在換衣服之前，要不要拍照紀念？妳想想，畢竟機會難得……」

政近盡量裝作若無其事，精明發問。接著，艾莉莎眉頭一顫，愉快般瞇細雙眼。

「嗯？這麼想拍嗎？」

「……哎，這麼真實的精靈小姐就在眼前，身為一介阿宅當然想吧？」

「……唔～～」

聽到政近的解釋，艾莉莎露出有點掃興的表情，輕撥頭髮開口。

「是喔。總之，准你拍吧？」

「喔喔，這樣啊。那麼……」

此時政近的肩膀被戳了幾下，轉身一看，開衩大姊大咧嘴笑著指向隔壁房間。

「既然這樣，平常存放衣服的房間可以用哦？借你們用吧？」

「喔，嗯，感謝協助。」

「ＯＫ。」

在開衩大姊大的帶領之下，兩人移動到隔壁房間一看，是兩側排列架子的倉庫。整體來說有點落塵，不過深處窗邊有個打掃乾淨的空間，開衩大姊大指向該處。

「可以用那裡喔。窗外射入的陽光恰到好處，拍照應該很好看吧？」

「喔喔，確實。」

依照建議讓艾莉莎站在該處一看，感覺確實挺不錯的。社辦大樓是西式建築，所以和精靈也很搭。加上逆光也隱約增添神祕氣息。

「那麼，我要去顧攤了。」

「啊，嗯。謝謝妳。」

「不用客氣。」

目送開衩大姊大說著帥氣話語離開之後，政近取出手機。

「那麼事不宜遲……可以嗎？」

「那個，姿勢的話……」

「不，總之先維持這樣就好。」

「是嗎？」

抱著先拍再說的心態啟動相機功能，看著畫面逐漸調高亮度之後……

「喔喔……」

位於該處的正是洋溢神祕氣息的精靈。隔著相機鏡頭觀看就覺得更加夢幻。

「那麼，我要拍了。」

「好……好的。」

在彼此都有點緊張的狀況下，政近按下快門。看著拍下的照片，政近不禁發出感嘆的聲音。

「好美麗……」

「咦，這……這麼美嗎？」

「嗯……」

「是……是嗎？那麼，要多拍幾張嗎？」

「請務必。」

政近已經沒意識到害羞心情，直截了當地懇求。艾莉莎隨即像是芳心暗喜，稍微移開視線。

【要順便……疼愛一下嗎？】

（沒要疼愛。）

【如果只是摸頭……我可以准你摸哦？】

（……沒要摸。）

政近心想「我對有希開的玩笑依然令妳耿耿於懷嗎……」稍微看向遠方，接著反覆按下快門。感覺每次換姿勢、每次按快門都散發不同魅力，政近愈來愈投入。然後在快門按下的次數超過三十次的時候……

「嗯？」

政近忽然覺得不對勁，確認剛才拍的照片。

「！」

確認之後，政近吃驚睜大雙眼。映在畫面上的是艾莉莎的白色裙子。該處……竟然清晰透出艾莉莎下半身的輪廓。

政近不知道為什麼變成這樣。恐怕是窗外湊巧射入強光，奇蹟似地和相機這邊的設定搭配得天衣無縫吧。

內衣透光之類的事情完全沒發生。雖然完全沒發生……不過白色裙子浮現的艾莉莎美腿線條，總覺得非常煽情。

「怎麼了？」

「啊，不……」

反射性地否定艾莉莎的疑問之後，政近猛烈苦惱。

艾莉莎沒察覺這張奇蹟美照。而且也沒有拍到內衣之類的敏感畫面。即使如此，身為紳士還是應該刪除這張照片吧。不過身為一個男人，要刪除這張奇蹟美照實在可惜。真的很可惜。

（怎麼辦？應該說實話嗎？可是說實話的話應該會被刪掉吧……反正又不是故意拍的，應該說這種照片就算想拍也拍不到第二張了啊！）

政近在短短三秒內極度苦惱，苦惱，苦惱……出現在腦中的天使瑪利亞還沒說話，就被小惡魔有希瞬間揍飛……

「沒事。只是稍微拍到多餘的東西罷了。」

政近決定裝作沒看見。嗯，剛才是自己多心了。肯定只是光線強弱造成奇怪的光影罷了。政近全力欺騙自己並且若無其事要回來拍照時……艾莉莎靜靜瞇細雙眼開口：

「給我看。」

「咦？」

「拍下來的照片，給我看。」

話剛說完，艾莉莎就迅速從僵住的政近手中搶過手機。

「啊──」

還沒來得及阻止，艾莉莎的手指就開啟剛才拍的照片──

「……政近同學。」

「有。」

「這是什麼？」

艾莉莎以冰冷表情詢問，政近閉上雙眼……將交涉能力完全解放。

在這之後，政近以感性層面的藝術理論包裝歪理，進行長達五分鐘的超絕申論，硬是讓艾莉莎接受「這是藝術，一點都不色情！」的主張，然後以「我會嚴格管理不給任何人看」的條件，贏得保存這張奇蹟美照的權利……

【果然是有戀腿癖的好色男生……】

不過艾莉莎的好感度似乎稍微下降了。

第4話 說實話內心相當猶豫

回到家一打開門，就看到兒時玩伴——一名黑髮清純的美少女三指撐地低頭迎接。

或者是回到獨自居住的家一看，可愛的女僕小姐前來迎接。如果是健全的阿宅男生，都會著迷於這兩種場面吧。政近對此沒有異議。

「政近大人，歡迎回來。」

「喔，喔喔……」

正因如此，所以對於阿宅來說，這個場面乍看之下也如夢似幻吧。在走上玄關的位置，兒時玩伴的美少女女僕以美麗的動作低下頭。豔麗的黑色長髮在女僕服上滑動，彷彿薄紗般展開的這幅模樣簡直是大和撫子。不過……如果她的姿勢不是鞠躬而是跪地將頭貼在地面，那就另當別論。

「……妳在做什麼？」

不只三指，綾乃將手掌完全按在地面，額頭壓在雙手之間。她到底以這個姿勢等待多久了？政近對此終究不敢領教。

「即使是比賽，但是本次對政近大人諸多冒犯——」
「喂喂喂，不要自然維持這個姿勢說明，先抬起頭吧。」
「不，首先要謝罪——」
「妳在那裡低著頭，我沒辦法脫鞋啊？首先應該迎接主人回來，這才是身為女僕的正確行為吧？」
看綾乃堅持不肯抬頭，政近以女僕應有的禮儀訓斥，想要藉此強迫她停止跪地磕頭的動作……但是這個兒時玩伴超乎政近的想像。
「請您就這麼踩著在下的身體過去吧。」
「喂，不准隨口說出妳的癖好。『踩過我的身體吧』這種話，只有成為砲灰的戰友角色有資格說。」
「換句話說，要從成為砲灰開始嗎……？」
「不對。」
政近正色否定，然後嘆氣蹲下來，刻意裝出冷酷的表情，以嚴肅聲音開口。
「綾乃。」
「！」
大概是從政近的聲音察覺端倪，綾乃略顯顧慮抬起頭。政近近距離注視她的臉蛋，靜靜詢問。

「為什麼我這個主人必須被妳這個女僕指示？」

「！！」

「起立。」

「是！」

聽到政近的指示，綾乃像是彈起來般起身。看著這一幕的政近終於可以脫鞋，在走上玄關的時候這麼說。

「如果妳是為了猜謎對決的事情道歉，那妳不必道歉。因為那是比賽，而且彼此都是光明正大對決。反倒是當時如果顧慮到我而放水，我或許才會生氣吧。」

「沒……沒這種事……」

「對吧？那就不必謝罪了。」

政近說完輕拍綾乃肩膀，綾乃接過政近的書包……

「那個，在教室說的祕技——」

「這妳別再提了。」

綾乃不經意要掏挖傷口，所以政近正色打斷話題，快步走向盥洗間不讓她說下去。

洗手漱口完畢，正要回到自己房間的時候，綾乃遞出裝了溼毛巾的臉盆。

「請用這個擦汗。」

「啊啊，謝謝。」

政近對此率直道謝，在自己房間脫掉制服之後，用溼毛巾擦拭身體。換上居家服的時候房門被敲響，所以他准許入內。

「打擾了。」

綾乃說完低著頭入內，迅速回收放了溼毛巾的臉盆以及政近脫掉的制服。

「啊啊，不必這麼麻煩……」

「不會的，反正要拿去盥洗間。」

「這樣啊，謝謝。」

「這份謝意，在下承擔不起。」

綾乃在回答的同時，隨手摸索回收的襯衫胸前口袋，以免不小心洗到奇怪的東西。她的動作在瞬間停止，右手從胸前口袋抽出一張紙。不對，那不是紙……是在沙也加與乃乃亞經營的女僕咖啡廳拍攝，政近與乃乃亞的雙人合照。

「啊，那個——」

察覺這個事實的政近反射性地開口。湊巧在同一時間，綾乃將手上的照片翻到正面檢視。

瞬間，綾乃的瞳孔猛然放大。

「慢著，好恐怖！」

綾乃就這麼面無表情，以失焦的雙眼凝視照片……雖然不知道是否能這麼形容，總之她像是要用視線挖洞般注視照片。這幅異常的光景使得政近背脊竄上一股毛骨悚然的危機感。

（咦？這該不會是……上班族被老婆發現酒店名片的構圖？）

政近聯想起似乎在午間連續劇看過的場面，故做平靜說明原委。

「啊啊～～那是去D班與F班攤位發生的事。我只是去吃個飯，卻發揮不必要的好運獲得合照機會了。」

不知為何，明明只是在說明事實，卻變得像是在辯解。感覺繼續補充說明也會愈來愈像是辯解，所以政近至此閉嘴。

然後，不知道是否有將政近的解釋聽進去，沒做出特別反應的綾乃……就這麼維持漆黑的眼眸輕聲呢喃。

「……知道了。」

「不，對不起別這樣好嗎？瞳孔放大的人說『知道了』比起狂喊『為什麼』還要恐怖。其實妳絕對不知道吧？」

政近有點不敢領教般地說，綾乃看都不看他一眼，以毫無情感的聲音平淡回答。
「不……只不過是在下的服侍沒能讓您滿足而已。」
「慢著聽我說啦。不是因為對妳的工作表現不滿意就花心去找別的女僕……」
聽到政近的解釋，綾乃也緩緩轉頭看他。看來至少維持著依照指示聆聽說明的冷靜心情。放心的政近懇切說明不該把女僕咖啡廳的女僕和正職的女僕相提並論。
「……就是這麼回事。懂了嗎？」
「是的，懂了。」
「這樣啊，那就好。」
綾乃緩緩點頭，所以政近暗自鬆了口氣……不過現在放心還太早。
「居然害得主人費心，在下沒資格擔任女僕……！」
「根本沒聽懂吧！」
政近半哀號般大喊，綾乃維持漆黑的眼眸做出完美的屈膝行禮動作，以理智模糊的聲音開口。
「主人，今晚……請容在下全力服侍您哦？」
可愛的女僕表態服侍。這應該也是任何阿宅都會滿心歡喜的場面……不過聽到這句話的政近只覺得背脊一陣發毛。

◇

「……」
「……」
「……喔，出新影片了。」
「……」
（不對，我沒辦法專心！）
即使正在以電腦隨便上網瀏覽，政近也對自己身後在意得不得了。
雖然剛開始對於「全力服侍」這句話提高警覺，但幸好目前綾乃沒特別做出過度的行動。就只是……一直待在房間角落。沒發出任何聲音，就只是一～～直待在那裡。
不過或許該說了不起吧，別說氣息，甚至感覺不到視線。雖然感覺不到，卻知道她很正常地位於該處，所以果然靜不下心。而且只要轉頭看去，就會看見漆黑的眼眸專注看著這裡。這是恐怖片嗎？
（真……真的靜不下心……！有希平常都是在這種狀態度過嗎？真虧她能夠不以為意……）

政近對於妹妹的神經大條感到戰慄，卻立刻重新心想「不對」。
（仔細想想，我以前也不以為意。果然是因為習慣……以及彼此都成長了吧。）
離開周防家之後，政近獨自待在家是理所當然的。加上即使是兒時玩伴，政近與綾乃依然是正值青春的男女。雖然平常不太意識到這種事，卻還是不能當成有希對待。
（如果是那個傢伙，就算待在房間我也不會在意……話說綾乃全心想要服侍，我沒辦法光明正大玩個痛快……）
政近終究沒有神經大條到讓兒時玩伴杵在角落待命，自己若無其事在床上看漫畫。那就叫綾乃休息吧。雖然政近如此心想……
「啊～～綾乃？」
「是，主人。」
「妳呆呆站在那裡也閒著沒事吧？反正我只是正常在打發時間……剛才也說過，妳可以做妳喜歡的事情啊？」
「這就是在下喜歡做的事情。」
「啊，是喔……」
綾乃從剛才就是這種調調，所以根本無計可施。
「話說，『主人』這個稱呼……」

「……怎麼了嗎？」

「沒有啦，該說單純令我不自在嗎……」

政近結巴這麼說，綾乃隨即睜大雙眼盯著他看。

「可是……您讓在下以外的女性這麼稱呼了吧？稱呼您為『主人』。」

「咦，這是讓妳暴怒的點嗎？」

政近正色反問，但是綾乃完全沒回答。不，仔細聽會聽到她嘴裡念念有詞。雖然因為有點距離所以聽不清楚……不過像是人偶般面無表情放大瞳孔的美少女念念有詞，這副模樣只有恐怖可言。怎麼看都只像是在下咒，政近默默轉回正前方。

（啊～～心情無法放鬆。）

然後政近在內心如此抱怨，不經意轉動肩膀。突然間，一股氣息在背後晃動，政近的背脊竄過一股毛骨悚然的危機感。緊接著……

「主人。」

「呃，嗯。」

身後響起這個聲音，政近就這麼聳著右肩，不太靈活地抬頭看過去。然後，一如往常維持漆黑眼眸的綾乃，披著奇妙的魄力靜靜開口。

「不介意的話，在下為您按摩。」

「……按摩？」

「是的。主人您看起來肩膀僵硬。畢竟您最近很忙，不介意的話請讓在下服務。」

「啊，啊啊～～……原來如此。」

為了累積疲勞的主人，她說想要按摩肩膀。這著實令政近感謝，覺得接受也無妨。

然而……

（嗯，我只有色色的預感。）

考慮到剛才「全力服侍」的宣言，基於阿宅立場不得不提高警覺。已經覺得不會只是單純的按摩了。

「我想想……唔～～」

「平常有希大人就會讓在下服務，而且讚不絕口。」

「有希也會？啊啊，既然這樣……就拜託妳吧？」

為了消除綾乃的服侍慾，政近重新認為這時候應該接受。既然是對有希進行過的按摩，應該不會發生奇怪的事吧……

「那麼，請您上床俯臥。」

（我只有色色的預感。）

差一點就脫口吐槽了。

「不，只是按摩肩膀的話，坐椅子不就好了……」

「難得有這個機會，就好好按摩讓全身上下放鬆吧。」

「唔咰，全身上下是吧？」

「是的，會很舒爽哦？」

「妳是不是故意這麼說的？」

「嗯？請問這是什麼意思？」

政近定睛注視頭上冒出問號的綾乃。但是無法從那張撲克臉看出內心，唯一透露情感的眼眸現在也完全漆黑看不出任何心思。

（話說啊，果然很恐怖。欸，為什麼是漆黑的？這是什麼情感？）

政近隱約覺得要是拒絕也很恐怖，懷著戒心趴在床上。接著，綾乃說「打擾了」跨到背部上方，政近繃緊身體。

（沒……沒事的，就算她莫名把身體壓上來或是摸到敏感部位，我也絕對不在意！我不會在意的！）

政近下定決心，挑戰接受綾乃的按摩……不過從結論來說，是非常健全的按摩。也沒有特別進行過度的身體接觸。

「啊啊……好舒服。」

「那太好了。」

「啊啊，謝謝。還有，抱歉我是個臭阿宅。」

「？」

感覺得到綾乃頭上冒出問號，但是政近滿懷內疚，完全不說詳情。他原本以為或許會是兩人緊密交纏，最後連變硬的下半身都變得舒爽的展開，所以當然不敢說出口。

「那麼，在下就去準備晚餐吧？」

「喔喔，謝謝……」

「不敢當。那麼在下告退。」

以視野一角確認綾乃無聲無息離開之後，政近無力倒在床上。

被綾乃按摩放鬆的肩膀與腰部緩緩釋放舒適的熱度，總覺得不想動。放鬆身體沉浸在這股舒適的熱度時，溫熱的體溫舒服擴散到全身，眼皮變得好重……

「——人，主人。」

「唔啊？」

肩膀被輕輕搖晃的政近睜開眼睛，看見綾乃正以漆黑的眼眸注視而嚇了一跳。

「……綾乃？」

「是的，在下是主人您的綾乃。」

「……抱歉，我睡著了嗎？」

「應該是疲累了吧。晚餐做好了，您意下如何？要先洗澡嗎？還是需要奶……」

「不，我要吃飯。」

「……這樣啊。」

總覺得她會說出危險的話語，所以政近迅速起床。就這麼移動到客廳一看，餐桌已經擺好料理。

「看您好像很累，所以在下準備了冷涮豬肉。」

「喔喔，不錯耶。畢竟今天以十月來說算是很熱……但也是因為我有扮裝。」

不過，政近在意一件事。

「……為什麼只有我的份？」

政近看著只準備一人份餐點的桌面這麼問，綾乃隨即理所當然般回答。

「女僕不能和主人同桌用餐。」

「不，一起吃吧？平常不就這樣嗎？」

「今晚的在下和平常不一樣。」

「聽妳這麼說就覺得挺帥氣的。」

「……肉片還要一段時間才會煮熟，所以請不必在意。」

綾乃說著輕輕拉開椅子，政近不得已坐下。接著綾乃走向廚房的電子鍋。

「請問飯量要多少？」

「啊啊，總之和平常一樣。」

「遵命。」

就這樣，綾乃以輕柔美麗的動作盛飯之後快步端過來，然後她倒了一杯水，就這麼自然站在政近的斜後方。

「……我開動了。」

「好的，請用。」

在涮豬肉片與滿滿的生菜淋上柑橘醋，一起送入口中。清脆的蔬菜與豬肉以柑橘醋結合，搭配熱騰騰的白飯，在口腔完成完美的合作。

「……很好吃。」

「謝謝稱讚。」

嗯，毋庸置疑的美味。只不過，還是很在意背後。在絕妙的時間點放在手邊的擦手巾與調味料，追加的水與白飯，一吃完就俐落收走的餐具。明明是完美無比的桌邊服務……政近卻不太能專心用餐。

（唔～～在周防家時，這樣明明很正常才對……我的感覺果然平民化了嗎？）

政近思考這種事的時候，斜後方傳來搭話聲。

「主人，不介意的話，要不要幫您挖耳朵呢？」

「挖……挖耳朵？」

「是的。」

綾乃嘴裡詢問「要不要」，同時坐在政近旁邊的椅子說著「請吧」輕拍自己大腿。

（那個……這實質上是強制的吧？）

既然被依然漆黑的眼眸定睛注視，政近沒有拒絕的選項。

「那麼……就拜託妳吧。」

這麼說的政近戰戰兢兢躺在綾乃的大腿。隨著柔軟的觸感，一股芳香刺激鼻腔。

（唔……話說女僕服加上挖耳朵，感覺又像是什麼奇怪的店……）

政近思考這種事繃緊身體的時候，綾乃說「打擾了」接著開始挖耳朵。

（啊……不過，總覺得這樣也好舒服……）

不知道幾年沒人幫忙挖耳朵了，不過比想像的還棒。綾乃纖柔的手指輕盈撫摸頭部與臉頰，掏挖耳朵有點酥癢的絕妙刺激襲擊政近。剛開始背部不禁差點發毛，不過這股刺激愈來愈舒服，開始覺得想要一直這樣下去。

（啊啊～～超棒的……總覺得好安心……）

臉頰接觸到的綾乃體溫以及挖耳朵的舒服感，使得政近愈來愈睏……綾乃的手剛好就在這個時候離開。

「好的，那麼可以請您轉到另一邊嗎？」

「咦？啊啊……」

覺得有點不捨的政近不經意翻身。視野就這樣被綾乃的女僕服填滿，他在這時候才終於「嗯？」覺得不對勁。

（咦？這樣……以姿勢來說是不是很糟糕？）

雖然因為女僕服而不太清楚，不過仔細想想，現在是鼻頭埋進綾乃下腹部的狀態。這……再怎麼說也不太妙吧？在如此心想的時間點，綾乃再度開始挖耳朵，絕妙的酥癢感覺使得政近再度放鬆力氣。

（呼啊……哎，總之不管了……）

政近以放鬆的大腦判斷「在意的話閉上眼睛就好」，完全任憑綾乃處置。臉頰與鼻尖感受的體溫與觸感，令他陷入頭部被溫柔抱入懷中的錯覺……度過幸福至極的時光。

「……超舒服的。」

回到自己的房間之後，政近不禁輕聲這麼說。趁著綾乃正在用餐不在房內，他感動沉浸在耳朵殘留的舒服感覺。就這麼懶散經過一陣子之後……政近忽然想到。

（對了，趁現在洗澡比較好。）

這個時間，綾乃應該正在洗碗盤。在綾乃的超級服侍時間（政近命名），最應該提防的就是洗澡。政近知道，如果在綾乃有空的時間點洗澡，她十之八九會說「在下來為您刷背」。

（洗澡水差不多應該放好了，趁著綾乃做家事的時候趕快洗一洗吧。）

政近下定決心之後，拿著換洗衣物離開房間。他將換洗衣物藏在身後，假裝上廁所前往盥洗間，然後將換洗衣物放在洗衣籃，想說為求謹慎必須關門而轉身一看，綾乃就在眼前。

「唔喔！」

「在下來為您刷背。」

「果然嗎！」

事情的進展過於符合預料，政近在向後仰的同時吐槽。

「不對，不可以吧！正常來想，這種事不可以！」

「沒問題，準備得萬無一失。」

即使政近堅定拒絕，綾乃也連眉頭都不皺一下，居然當場脫起女僕服。

「不，慢著，妳做什麼——」

在這麼說的時候，女僕服輕盈落地——出現的是在海邊也看過的泳裝。啊，還有武器。過膝襪、泳裝、女僕頭飾加上武器。

懷著這種愚蠢感想的時候，綾乃取下武器，脫掉過膝襪，先行進入浴室。

（唔～～好特殊的癖好。）

「咦。等等——」

還沒來得及阻止，浴室的門就關上，政近僵在原地。

「……咦，意思是不必在意，儘管進去洗？」

依照至今的感覺，綾乃現在這樣應該不會離開了。除非政近進去，否則她肯定會一直在浴室等待。

（唔，唔唔～～不，唔～～……既然穿著泳裝，應該沒問題嗎？話說那套泳裝為什麼在家裡？是放在有希房間嗎？）

雖然真相不明，不過在穿上泳裝的時間點，綾乃應該也知道這方面的分際吧。實際上，至今只是政近擅自提高警覺，完全沒發生見不得人的事。加上綾乃暑假期間曾經在政近面前全裸，看來是活用了當時的反省。這麼一來……這時候相信綾乃，配合她直到滿意為止也是一個辦法吧……

（沒有啦，嗯，老實說按摩與挖耳朵太舒服，所以我也對刷背感興趣了……）

自從懂事至今，政近從來沒讓任何人幫他刷背。在按摩與挖耳朵展現那種高超技術的綾乃，幫忙刷背會是什麼感覺……政近在懷抱些許罪惡感的同時也無法壓抑好奇心。結果他稍微猶豫之後脫掉衣服，在腰間牢牢圍上毛巾踏入浴室。

然後他看著蹲在洗澡椅後方等待的綾乃，努力冷靜告知。

「只有刷背喔。刷完就要立刻離開喔。」

「好的……不介意的話，要不要也幫您洗頭呢？」

「嗯？啊啊……那就拜託了。」

政近盡量不看綾乃的方向，坐在洗澡椅。坐好之後，綾乃迅速打開蓮蓬頭，等到水變熱之後開始洗政近的頭。就這樣先開始進行洗頭程序……

（唔哇，真的假的？這也超舒服的……）

在髮廊剪完頭髮之後的洗頭，政近覺得那樣也很舒服，卻比不上現在的感覺。綾乃纖柔的手指以絕妙力道搔抓頭髮、刺激頭皮，感覺棒透了。

「這個力道沒問題嗎？」

「啊啊，剛剛好。」

政近閉上眼睛，將注意力集中在頭部的觸感。

（難道說，有希每天都被這麼服務嗎……？那麼老妹，說實話我好羨慕。不，可是以她那種髮量，綾乃應該很辛苦吧……）

在思考這種事的時候，幸福無比的時間轉眼即逝。而且或許該說果然，這次也完全沒發生見不得人的事。

綾乃依照約定，幫政近洗頭髮刷背之後，迅速離開浴室。絕對沒發生「那麼再來洗前面——」這種事。

（……嗯，看來是我想太多了。）

出浴之後，政近在自己房間感到尷尬與害臊。被綾乃「全力服侍」這句話以及自己的阿宅知識弄得暈頭轉向，導致他過於想入非非。總覺得依然漆黑的眼眸以及「主人」這個稱呼令人在意，但綾乃恐怕只是跨越了性別界限，對政近做出平常對有希所做的事。

而且綾乃確實顧慮到彼此是異性而準備了泳裝。明明綾乃只是賭上女僕的尊嚴努力照顧政近，這顆臭阿宅腦卻擅自提高警覺，滿腦子都是下流的妄想……

「嗯，我有點想死了耶☆」

腦中的小惡魔有希說著「其實是不是有點期待？咦？這個大色狼！」這種話鞭屍，天使瑪利亞說「因為是男生啊！這是沒辦法的！」以安慰的形式落井下石，政近對此猛烈反省。此時……

『政近大人，現在方便嗎？』

「啊，嗯。」

房門被敲響，政近將自己癱軟放鬆的姿勢坐正。

「抱歉打擾了。在下端了熱牛奶過來。」

「喔喔，謝謝……真是無微不至耶。」

接過杯子喝了一口，蜂蜜與牛奶的甘甜隱約在口腔擴散，政近不禁露出笑容。總覺得連內心都變得暖呼呼的，他自然脫口道謝。

「綾乃，謝謝妳。」

「不會，這種程度沒什麼大不了的。」

「沒有啦，不只如此……也要謝謝妳總是幫忙照顧有希。」

「？」

政近感覺背後傳來綾乃略感詫異的氣息，就這麼注視牛奶液面說下去。

「今天被妳全力照顧之後……我覺得自己知道妳平常多麼為有希著想了。想到妳總是盡心盡力照顧有希……我無論如何都想向妳道謝。」

在這個時候，政近的笑容稍微變成苦笑。

「其實啊，關心以及照顧有希應該是我的工作……我真的沒資格當她的哥哥。」

「這種事——」

「是事實喔。無論是什麼理由，我將一切推給有希之後離開周防家的這個事實也不會改變。而且現在也是，在我自己也搞不懂的心情推動之下，不是輔助那傢伙，而是輔助艾莉競選學生會長……所以說起來，我應該連道謝的資格都沒有吧。」

政近一邊這麼說，一邊露出帶點苦笑的溫柔笑容仰望綾乃，筆直注視綾乃的雙眼，發自內心這麼說。

「即使如此，還是謝謝妳。妳陪在那傢伙的身旁，比任何人都為那傢伙著想。我真的感到很開心。從今以後……希望妳也繼續成為那傢伙最好的夥伴。」

聽完政近這段話，綾乃睜大雙眼。她的眼眸回復光輝……微微一笑。

「政近大人，您的讚許，在下承擔不起。」

聽到這句百感交集的回應，政近也回以笑容。平穩的空氣在兩人之間流動，政近又喝了一口牛奶。

「這個真好喝。有希也愛喝嗎？」

「是的，有希大人非常喜歡。」

「這樣啊……仔細想想，我很少聽妳說有希的事情。」

「您希望的話，要在下說多少都沒問題喔。」

「啊啊，說得也是。這樣或許不錯。」

這對主從相視而笑，聊有希的事情聊了好一陣子。在政近喝完熱牛奶的時候，綾乃看向時鐘從床邊起身。

「差不多是休息的時間了吧？」

「啊啊，說得也是……明天也很忙。喝完熱牛奶，身體暖和得恰到好處，今天我就早點休息吧。」

「這樣啊……那麼，要再來一杯嗎？」

「不用了，謝謝。」

從政近手中接過空杯子的這時候，綾乃忽然像是想到什麼般眨了眨眼。

「對了，政近大人……」

「嗯？」

「請問需要奶子枕嗎？」

「氣氛都搞砸了啦妳這笨蛋！」

「有希大人非常喜歡。」

「那個蠢老妹！」

政近的咆哮撕裂平穩的空氣響遍房內。此時政近的手機微微振動，畫面顯示「總覺得很抱歉」的有希留言。

……順帶一提，政近拒絕奶子枕了。雖然非常感興趣，卻以鋼鐵的意志拒絕了。

第5話 就某方面來說重振精神了

「可以嗎？執行委員的工作呢？」

「啊啊，暫時沒問題。因為學長姊們很幹練。」

「哈哈，畢竟現任學生會長與前任學生會長攜手合作啊。」

秋嶺祭第二天。政近在執行委員會工作的空檔，約了毅與光瑠逛操場的攤位。

「而且原本來說，現任學生會長與副會長的主要工作是接待來光會。沒有他們兩位也忙得過來了，所以少了我一人也沒什麼影響。」

「啊～～來光會啊……是今天會來嗎？」

「知道具體來說有誰會來嗎？」

「不，這部分是會長與更科學姊的管轄……所以我也不清楚細節。而且老實說也沒什麼興趣。」

「是嗎？打算趁這個機會儘可能接近來光會的傢伙好像很多。」

毅看著周圍的攤位繼續說「比方說精心設計入口的裝飾，努力吸引注意之類的」，政近聽完聳了聳肩。

「因為我只是父親擔任外交官的普通市民啊。」

「不，我覺得父親擔任外交官就很優秀了……而且是高考組吧？」

「這在這所學校也不算特別吧？而且據說沒這種程度的話根本過不了入學面試。」

「啊啊，總之……確實聽說會用家世與父母的職業過濾掉不少人。」

「還有『這個』。」

毅說著以拇指與食指比一個圈，政近與光瑠也露出苦笑。

「哎，就是這麼回事。慢著，這種事一點都不重要吧？總之我暫時是自由之身。」

「這樣啊。啊，有章魚煎餅。要買嗎……你們呢？」

「我不用了。」

「我也是……不必在意我們，你去買吧。」

「知道了。那麼等我一下。」

留下這句話之後，光瑠前往章魚煎餅的攤位。政近不經意看著他的背影時，毅忽然咧嘴笑著搭話。

「這麼說來，昨天怎麼樣了？」

「昨天？……你是問猜謎對決嗎？」

「不是啦！在那之後……你和艾莉同學去約會了吧？」

「是啊，總之該說是約會嗎……你看見了？打聲招呼不是很好嗎？」

「沒有啦，哎……」

聽到政近這麼說，毅含糊一笑瞥向光瑠那裡。

（原來如此，你想要來打招呼，卻被光瑠阻止是吧。）

正確解讀這個意思之後，政近露出些許苦笑。

「明明用不著這麼顧慮也沒關係的。」

「不，可是總覺得當時氣氛很不錯……實際上，這部分怎麼樣？你們兩人是選戰的搭檔，該怎麼說，沒變成這種感覺嗎？」

這個問題還真不知道該怎麼回答。

政近感覺到艾莉莎的好感，卻沒什麼意願和艾莉莎發展更進一步的關係。這部分也包括「把男女關係帶進選戰的風險很高」的合理判斷。加上艾莉莎看起來根本沒察覺自己的好感是戀愛情感。總歸來說，感覺彼此雖然縮短距離卻沒有進展。

「……總之，雖然交情變好，但也只有這樣。並不是在交往喔。」

「這樣啊……」

「怎麼了？可能會被我搶先所以慌張了？」

「啥，不是啦！我只是——」

「那個～不好意思～」

此時一旁有人搭話，毅露出「嗯？叫我嗎？」的表情轉過頭去。政近也跟著一看，發現一名年齡相近的少女，似乎是外來訪客，一頭短髮染成亮色，相當可愛。這名少女稍微揚起視線觀察毅的臉，略顯顧慮般發問：

「我們是堂女的學生，正在找人為我們帶路……方便的話，要不要一起逛？」

「咦，我……我們嗎？」

「是的。」

少女揚起嘴角露出迷人的笑容。她說的「堂女」這個學校簡稱，是附近相當有名的女子高中。仔細一看，不遠處站著同樣可愛的兩名女生，看來是她的朋友。不過……

（啊啊，原來如此。）

看到兩名女生其中一人的視線瞥向光瑠，政近察覺了。她們真正的目標恐怕是光瑠吧。露骨向英俊男生搭話會引起其他男生（政近與毅）的反感，所以故意在真正目標暫離的時候前來填平護城河……大概是這麼回事。

「咦，咦咦～真的假的？哎呀真的嗎～」

毅看起來沒察覺她們的心機，一整個傻笑搔了搔腦袋。他明顯害臊依序看向三名少女，像是要說「哎呀～～傷腦筋耶～～」看向政近，然後重新面向少女，「啪」一聲在面前合起雙手。

「抱歉！非常高興也很榮幸聽到妳這麼邀約，但是我們有女友了！我們不想因為女友吃醋被殺，所以不能和妳們一起逛。真的很抱歉！」

「咦？啊，是喔……總之，既然這樣的話……」

恐怕是完全出乎意料吧。少女正色頻頻眨眼，稍微歪著腦袋回到同伴身邊。目送三人討論某些事情離開之後，政近朝著依然雙手合十的毅搭話。

「你什麼時候交女友了？」

「這也沒辦法吧～～？除此之外我想不到不傷害那些女生的拒絕方法。」

「哎，我覺得這是很好的判斷……但你拒絕她們沒關係嗎？」

聽到政近這麼問，毅整個人轉過來用力咬牙切齒。

「當，然，有，關，係，吧～～？啊啊～～好可惜！明明說不定是我第一次兼最後一次的桃花運啊！」

「不，這個嘛……」

基於各種意義來說是你誤會了。政近不敢這麼說而支支吾吾。毅在他面前抱頭扭動身體，最後「唉」地嘆口氣放鬆身體。

「不過啊，光瑠應該絕對不想和陌生女生一起逛……而且你也沒什麼興致吧？」

「啊啊，算是吧……」

「對吧？所以總之沒關係啦。反正就算一起逛，我想我也沒辦法好好表現吧。」

聽到毅捨不得般這麼說，政近打從心底覺得：「這傢伙人超好的……」

（哎，雖然早就知道了……不過真希望他能獲得回報。）

明明是這麼重視朋友的好人，為什麼交不到女友？政近深刻感到世間的不講理時，光瑠拿著章魚煎餅回來了。

「抱歉久等……慢著，毅怎麼了？」

「……在為自己苦無良緣的不幸嘆息。」

「嗯？這是在說什麼？」

光瑠歪過腦袋的這時候，附近響起物體的碰撞聲，接著傳來「啊」的慌張聲音。看向聲音來源，抱著塑膠籃的女學生，以慌張的表情看著從籃子滾落的彈力球。看來是她撞到東西，導致正在搬運的彈力球掉出一部分。落下的彈力球撞擊地面或是行人的腳，彈跳散落在不同方向。

「哎呀呀……」

政近看著這幅光景，暫時猶豫是否要去幫忙。

（距離有點遠，而且就算現在去幫忙……何況只是掉幾顆的話，那個女生或許也不會在意。到時候很可能會變成多管閒事，而且我對球──）

在他猶豫的短暫期間……

「幫我拿一下。」

「喔……」

光瑠行動了。

他將章魚煎餅塞給政近，毫不猶豫走向女學生，然後將視野範圍的彈力球迅速撿起來，即使是掉到附近攤位底下的球，他也毫不猶豫趴在地上回收，手與膝蓋都被塵土弄髒也在所不惜。

然後在政近與毅追上他的時候，掉出來的彈力球已經幾乎回收完畢。

「真……真的很謝謝你。」

「不會。要小心喔。」

女學生惶恐般頻頻鞠躬，光瑠反而露出為難般的表情，揮手目送她離開。看見這幅光景，政近露出世故的表情向毅開口。

「毅，懂了嗎？那就是搶手的男人喔。」

「嗚，贏不了……」

「不，我並不是想讓自己搶手……」

「我知道的。我是說在那種時候能夠毫不猶豫行動的你很了不起。」

光瑠再度露出為難表情，政近大力稱讚他。

光瑠總是這樣。在大多數的人們冒出「這樣是幫倒忙吧」或「可能反而會丟臉」這種想法而瞬間猶豫的時候，光瑠會率先伸出援手。即使是他不擅長面對的女生或是討厭的對象也一樣。光瑠是貫徹「有難要互助」平等待人的好好先生。

（受不了，這兩個傢伙真的都是好人……）

是引以為傲的朋友，也是最棒的死黨。政近可以由衷這麼說。正因如此……所以有件事無法原諒。有件事絕對不能當成沒發生過。

「……啊，那我差不多該走了。」

「喔，這樣啊。那麼彩排的時候見吧。」

「執行委員的工作加油喔。」

「好。」

三人一起逛了約四十分鐘之後，政近和兩人道別，前往社辦大樓。但他沒進入社辦大樓而是繞到後方。這裡沒有展覽也沒有攤位，所以只有迷路的人會過來。大樓後方的大樹下。從社辦大樓窗戶看過來也剛好成為死角的這個場所，政近約了某人見面。

壓低帽簷，稍微低頭站在該處的少女。政近走過去之後，以平淡的聲音搭話。
「喲，白鳥。」
冷淡的問候。沒說「讓妳久等了」也沒有「抱歉叫妳過來」這種話，恐怕稱不上友好的問候。對此，少女同樣以毫不友好的視線回應。
「……什麼事？」
不帶情感發問的少女叫做白鳥奈央。是在第二學期之前轉學的前征嶺學園學生，直到短短一個多月之前，都是在毅與光瑠原本所屬的樂團「Luminouz」擔任主唱的少女。而且也是在退團的時候引發天大的修羅場，害得樂團瓦解的禍首。
「不惜動用這種東西叫我過來……是要做什麼？」
奈央維持不友善的態度，從口袋取出一個信封。那是政近拜託奈央的前班導轉交給她的。
其實政近對於樂團瓦解的事件懷抱疑問，一直在尋找應該知道真相的奈央。但是奈央轉學時換了手機號碼，也刪掉社群網站的帳號，成為完全連絡不上的狀態。即使動用政近的情報網也完全下落不明音訊全無。
此時政近心生一計，接觸了唯一可能連絡得上奈央的前班導。然後政近說「無論如何都想將一封信交給突然轉學的奈央」以三寸不爛之舌說服老師，被這股意氣打動的老師幫忙將一封信寄給奈央。只不過信封裡不是情書，也不是惋惜離別的信……是秋嶺祭的邀請函以及短短只有一句的訊息。

「這是怎樣？『不來的話就把妳的真相揭露給Luminouz的團員』……」

奈央唸完這句訊息之後狠狠瞪過來，政近以冰冷表情聳肩。

「沒怎樣，妳應該最清楚這句話的意思吧？正因如此才會接受邀請來到這裡。」

「……」

對於政近這段話，奈央不發一語。兩人像是試探彼此般，暫時以視線相交。

政近從毅那裡聽到的樂團瓦解契機，是奈央向當時交往的貝斯手春日野隆一放話說「只是將就一下和你交往」，爆料自己「其實喜歡光瑠」。結果隆一傷心不已，鍵盤手水無瀨里步也對於兒時玩伴奈央的這個行動大受打擊，兩人退出樂團……大致是這麼回事。這當然是聽別人說的，所以不知道細節正確到什麼程度。然而即使如此，正因為政近是以旁觀者的角度觀察Luminouz的團員……所以知道某句話確實是謊言。

「妳並沒有喜歡上光瑠吧？」

「！」

聽到政近這麼斷言，奈央皺眉扭曲嘴角回應。看見這張表情的政近加深確信。

奈央爆料說自己喜歡光瑠，是在里步揭發「奈央說Luminouz有她喜歡的人」這件事之後。雖然是政近在樂團瓦解以後直接從里步那裡打聽到的情報，不過這是奈央加入樂團成為最後的第五名團員時，對里步說出的入團動機。

里步似乎沒察覺，但是政近聽到這段說明就立刻察覺了。這是在牽制里步。如果只是想加入樂團，將動機說成「想和里步一起玩樂團」肯定就夠了。之所以沒這麼做而是故意表明戀心，政近只覺得是為了妨礙里步和某人成為一對的手法。而且從後續的過程來看，這個「某人」應該是隆一。

正常來想，就是從小一起長大的兩名少女喜歡上同一個男生。原本只要這樣就可以結案了……

（不過聽春日野的說法……事實恐怕相反吧。）

依照隆一所說，奈央從一開始交往就鮮少展露出喜歡隆一的舉動。只是在掩飾內心的害羞？不對，既然不惜牽制里步，在交往之後還這麼消極就很奇怪。這麼一來……奈央不希望被搶走的人就不是隆一……

「妳喜歡的人——」

「閉嘴。」

奈央以緊張的聲音打斷政近的話語。但是政近沒停止。

「不，我不閉嘴。」

面對奈央的明確拒絕，政近冷淡抗拒。然後他接近奈央一步，說出決定性的話語。

「妳喜歡的人……妳愛上的人，不是光瑠也不是春日野，是水無瀨。」

「——！」

聽到政近這麼斷定，奈央柳眉倒豎顯露怒意。政近毫不畏懼提出自己的推理。

「妳之所以和春日野交往，是因為水無瀨喜歡春日野。得知水無瀨戀心的妳，滿心不希望水無瀨被搶走，所以加入Luminouz，和春日野交往。沒錯吧？」

政近抱持確信這麼問，奈央張嘴——看來像是不知道要說什麼，嘴巴開闔數次之後低下頭。不久之後，奈央像是在強忍什麼般顫抖肩膀，最後像是擠出聲音般回答。

「……沒錯。」

然後以這句話為契機，奈央像是決堤般吐露自己的真心話。

「對，沒錯！我一直喜歡里步！從小就一直和她在一起，一直保護她到現在！里步在我心中是第一順位，我在里步心中也是第一順位！可是，可是——！」

奈央咬著牙，聲音顫抖，狠狠瞪著地面。她以鞋尖踢地，胸口打著哆嗦大喊。

「可是，里步說她喜歡隆一！明明說過害怕男生！那種，那種——」

「……所以妳和自己稱不上喜歡的春日野交往？」

「沒錯！與其里步被搶走，與其里步被男生玷汙，這種程度算不了什麼！」

這是對於同性兒時玩伴的一種扭曲……卻純真的愛慕。奈央像是發狂般大吼，然後表情突然明顯變化。浮現在她臉上的是哀傷與後悔。

「可是……交往之後，我發現隆一是非常好的男生……明明我是這種人，他卻非常溫柔，說他喜歡這樣的我……我也可以理解里步為什麼會喜歡他了……」

表白的奈央右眼潸然滑下一顆淚珠。她伸手拭去淚水，帶著嗚咽說下去：

「里步也是依然很溫柔……居然笑著說『我會為你們兩人加油』。明明是她先喜歡上的……隆一與里步都非常溫柔，我卻一直在說謊，傷害他們兩人……！這一切都是我的錯，可是，我不知道該怎麼辦……」

奈央以雙手遮住眼睛像是吐血般說明，政近閉上雙眼。

在溫柔人們的圍繞之下，只有自己一個人持續說謊。這是何種程度的苦惱，政近只能想像。剛開始只是滿心不希望心上人被搶走而說的謊言。然而為了圓謊而說謊之後，回過神來才發現在四名溫柔的同伴之中，只有自己一個人被謊言塗滿。在朝向同伴的笑容背後，不知道她多麼苦惱又後悔。不知道她對自己多麼失望，多麼討厭自己。

然後在一切即將揭曉的時候，奈央為了隱藏自己心中最大的祕密……為了隱藏自己對於里步的戀心，她說出最後的謊言。「我喜歡光瑠」的謊言。

（這實在沒辦法責備她吧……）

對於奈央來說，自己對里步的戀心是不顧一切都要徹底保護，隱藏到底的情感吧。真的是不惜將自己獻給不算喜歡的男生。既然這樣……政近也提不起勁責備奈央。

人在陷入絕境的時候才會展露本性。雖然經常有人這麼說，但政近認為這是錯的。人在真正陷入絕境的時候，首先展露的不是本性，是本能。想要保護自己的安全，屬於生物根源的防衛本能。能以理性壓制這份本能，將別人放在優先順位的人非常稀少。正因如此，所以對於陷入絕境到最後情急說謊的奈央，政近內心無法責備。然而……

「留下來的四人怎麼辦？」

「！」

即使如此，肯定也必須正視這一點才行。

「逃走的妳或許這樣就好。可是啊，他們四人到現在還放不下當時的事情。」

「……」

對於奈央來說，這應該是她最不想聽到的情報吧。但是明知如此，政近還是將現實擺在她眼前。

「春日野與水無瀨不再到輕音社露臉，發生那件事之後再也不和光瑠說話。光瑠也一樣，努力再也不去思考他們兩人的事。老實說我看不下去了。原本感情那麼好的三個人，如今卻把彼此當成空氣。」

「咦，怎麼這樣……」

「毅至今好像依然會抽空去找春日野與水無瀨，不過兩人還是經常躲著他。只有毅那傢伙表面上表現得和平常沒有兩樣，但是心力非常交瘁喔。因為那傢伙比任何人都重視朋友。」

「……」

聽完政近這段話，奈央深深低下頭。就這樣沉默一陣子之後，她輕聲發問。

「里步呢？」

對於這句簡短的問題，政近心想「果然以水無瀨為第一優先嗎」，率直告知事實。

「妳也知道，水無瀨的人際關係原本就不算廣，她不再參加輕音社的現在完全被孤立了。每天好像都掛著憂鬱的表情上課，然後不和任何人說話就匆忙回家。」

「……」

奈央就這麼低著頭咬住嘴唇，政近靜靜詢問。

「妳該不會以為只要自己消失，水無瀨與春日野就會湊成一對嗎？」

「！」

「當然不可能吧？春日野不是隨便移情別戀的那種人，水無瀨她——」

「不用你說我也知道！」

這一瞬間，奈央抬起頭狠狠瞪向政近。

「這是怎樣，從剛才就說得像是什麼都知道！跟你無關吧？你以為你是誰啊！」

這句話使得政近感覺像是被潑了一盆冷水。他就這麼重新省視自己的言行，驚覺不對而回神。

（奇怪，我為什麼用這麼討人厭的說法？）

明明腦中確實沒有責備的意思，回過神來卻發現自己的言辭像是在故意激怒奈央。雖然自以為只是在傳達事實，但是現在這樣就像是半教訓的態度。政近慢半拍察覺這一點而愕然。

（不行，不是這樣。我想說的不是這種事……）

政近看向下方，將大腦重設一次，然後尋找真正應該傳達的話語。

「……確實，我只是局外人。和Luminouz毫無關係，也沒有插嘴的權利。」

「……」

「可是啊……我絕對不認為你們五人維持現狀是好事。」

「唔！咕……」

奈央咬牙迅速撇過頭去，政近慎重發問。

「可以嗎？就這麼相互誤會就此離別？」

「……」

「我是過來人，所以告訴妳一件事……如果以最壞的形式離別，在這之前的快樂回憶與幸福回憶，都會變得完全看不見喔。」

如同不久之前的政近，把自己和小瑪的回憶當成討厭的記憶一直封鎖在內心深處。在解除誤會的現在，他對此只有後悔可言。

（哎，不過……我也沒道義這麼說吧。）

腦袋冷卻的同時，心也冷卻了，所以政近在這時候轉過身去。然後明知是多管閒事還是轉頭給予最後的忠告。

「剛才也說過，我只是局外人。關於你們的為人或是關係，我完全不知道詳情。所以我不會要求妳怎麼做……可是要是維持現狀，Luminouz會在你們五人心中成為最壞的回憶作結吧？對於春日野是如此，對於水無瀨也是如此。」

只說完這段話之後，政近頭也不回離開現場。就這麼進入社辦大樓，像是避開人群般一直往上走。就這樣跨越階梯前方拉起的鏈條，走上通往樓頂的階梯……在最上面的階梯平台往後躺下。

「呼……」

冰涼至極的胸口深處，嘆出又深又沉重的一口氣。

「……我為什麼說出那種像是責備的話語？」

雖然是疑問形式的自言自語，但是自己心中已有答案。因為政近一直對於毅與光瑠受傷的這件事感到憤怒。

Luminouz的五人不應該就這麼形同陌路，政近是發自真心這麼想。覺得為此必須說服奈央，讓五人再度好好談一談。他對此並不後悔。

留下後悔的是……他將奈央逼入絕境，傷害到不必要的程度。將內心受傷的當事人毅與光瑠放在一旁，身為局外人的政近將怒火宣洩在奈央身上。

「……我原本以為自己很冷靜處理這件事。」

然而實際上並不冷靜吧。兩名重要好友的內心受傷，這股憤怒一直像是炭火存在於政近內心，成為攻擊奈央的衝動而表現在言行。

（寄出那種像是恐嚇的訊息，在抗拒的當事人面前揭露祕密……真的需要做出那種事嗎？我該不會是想讓她稍微嘗嘗毅與光瑠承受的痛苦吧？）

奈央投向政近的視線與話語在腦中復甦，政近咬緊牙關。現在的他只有強烈的後悔與自我厭惡這種情感。

「我以為我是誰嗎……真的一點都沒錯。毫無關係的局外人憑什麼多此一舉？」

這是一定要有人做的事……政近不想說這種自詡為英雄的話語。如果政近什麼都不做，那件事遲早會風化，埋沒在時間的洪流吧。挖出這件事甚至揭發其中不為人知的祕密，是政近的自私行為。政近覺得這麼做比較好，明明沒人拜託卻自行這麼做。如此而已。然而……事到如今，他甚至覺得這可能也只是多管閒事。

即使政近什麼都不做，或許那五人也遲早會以某種形式和解。真的就像是政近與瑪利亞命中註定般重逢，消除過去的誤解。只要那五人也確實存在著情誼，肯定——

（話說，對喔！即使白鳥對我來說只是認識，對於毅與光瑠來說卻是朋友！）

此時政近想到自己傷害了「朋友的朋友」，這個事實令他更加消沉。

（啊啊……不行了。我自我厭惡到好想死……之後得向白鳥道歉才行。）

思考完全陷入負面循環，政近抱頭朝側邊翻身，心情就這麼無止境地消沉——

「久世學弟？」

……的時候，下方傳來不可能聽到的這個聲音，政近猛然坐起上半身，然後和下方階梯平台看向這裡的瑪利亞四目相對，心臟用力一跳。

「為什麼……？瑪夏小姐，怎麼了嗎？」

「我剛才湊巧看見你露出可怕的表情……在意發生了什麼事，就跟過來了。」

瑪利亞擔心般這麼說完，走上階梯坐在政近身旁，然後以關懷的眼神注視政近。

「怎麼了？發生了什麼事？」

這句詢問只包含了無比純真的關懷，政近以沉默回應。即使如此，瑪利亞也沒有催促，輕輕以手包覆政近放在大腿握緊的拳頭。

這份溫暖又溫柔的觸感稍微打動內心，政近維持嚴肅的表情輕聲回答。

「我傷害別人了。」

「這樣啊。為什麼？」

「因為朋友受到傷害……不對。」

政近在這時候搖搖頭，改口說下去。

「我因為朋友受到傷害而生氣，將當事人放在一旁，將怒火發洩在禍首身上。明明那傢伙也有苦衷……我理解這份苦衷，還是任憑憤怒掏挖那傢伙的傷口。」

一口氣說到這裡，政近露出自嘲的笑。

「總之，我覺得自己失敗了……現在正在稍微反省。等到心情平復應該就會適度復活，請不必在意。」

政近以輕浮的語氣這麼說完，瑪利亞一臉正經注視他的表情。然後……她慢慢跪起身來，從側邊緊抱政近的頭。

「好乖好乖。」

進而被溫柔摸頭，政近陷入混亂。

「……為什麼？咦，我為什麼被抱緊了？」

「因為你看起來受傷了。所以我在安慰你。」

「不，妳有聽我說話嗎？這次完全是我自作自受，應該說我任憑情感驅使傷害了別人，我只是在反省這件事……」

「所以沒有被安慰的權利？」

「！」

被溫柔的聲音說得一針見血，政近說不出話。大概是從這個反應明白自己說中了，瑪利亞以帶著微笑的聲音繼續說：

「這樣啊～久世學弟是這麼想的啊～～不過呢？這種權利對我來說完全無關！」

「……喔唔。」

瑪利亞像是在說「怎麼樣啊？」宣布要走自己的路，政近被這份氣勢懾服。

「你怎麼想都和我無關！我只是因為想疼愛你才這麼做！」

「這樣啊……」

既然她明確說到這種程度，政近也無話可說。

（既然是瑪夏小姐想這麼做，那就沒辦法啦～～）

這種自暴自棄般的死心念頭從內心湧現，政近不禁看向遠方。瑪利亞溫柔摸著他的頭搭話。

「你從以前就絕對不會對別人撒嬌吧？簡直認為自己沒有向別人撒嬌的權利。」

「……」

聽到瑪利亞的犀利指摘，政近啞口無言。她說的一點都沒錯。逼得妹妹吃苦，生活過得怠惰又自甘墮落的自己，不會被允許向別人撒嬌。政近一直這麼認為。

「看見這樣的你，我胸口就會一緊。覺得難過又心酸，想要盡～情疼愛你。」

「……呃，這樣啊。」

令人背部發癢的這段話，政近半笑不笑平淡回應。但是瑪利亞如同連他這種遮羞反應都看透，微微一笑。

「如果你無法原諒自己，我會原諒你。如果你傷害自己，我會保護你的傷。」

如同要證明這段話，瑪利亞慢慢撫摸政近的頭，溫柔說下去：

「不要問我『為什麼』哦？從以前……自從在那座公園相遇的那天起，你對我來說就是很重要的人。所以……不要逞強好嗎？不要獨自承受好嗎？因為我明白的。」

最後的這句話，深深撼動政近的心。

（啊啊，這個人……）

或許真的明白。包括政近的軟弱與過錯，或許這個人全部明白，並且進而想要溫柔包覆。

「……這樣啊。」

「嗯。」

「這樣啊……」

「……嗯。」

不成對話的對話。不過，肯定有傳達給瑪利亞吧。政近莫名這麼確信，閉上眼睛依偎在瑪利亞懷裡。對於政近這次竭盡所能的撒嬌，瑪利亞露出微笑回應。

不知道就這麼經過多少時間。心情稍微平復的政近睜開眼睛呢喃。

「總覺得從以前就老是向瑪夏小姐撒嬌。」

「嗯？是嗎？」

「是啊……我想，我一直依賴著妳的溫柔。」

在那座公園和瑪利亞重逢的那一天之後，政近不時會回想起和小瑪的記憶。

記憶中的小瑪總是開朗、溫柔又溫暖……阿薩一直受到這樣的小瑪拯救。如今政近率直這麼認為。

「這樣啊……不過，我也是彼此彼此哦？因為阿薩也給了我好多的溫柔。」

「哈哈，是嗎？」

「是啊～～？多到數不清喔。」

雖然瑪利亞這麼說，但是政近回報的溫柔肯定連一半都不到吧。

（而且那個約定，到最後也一直沒能履行……）

政近在一個多月之前，回想起昔日和小瑪的那個約定。想到這個約定，政近變得有點感傷。

（現在開始也不遲……嗎？不，應該遲了吧……畢竟和當時比起來，應該也已經退步很多了。）

心情再度消沉，瑪利亞像是察覺般更加用力抱緊……政近終究開始難為情了。

「那個，暫且不提這個。差不多該……」

「嗯～～？為什麼呢～～？多撒嬌一下沒關係啊？」

「沒有啦，這個姿勢有點……」

壓在肩頭的重物非常令政近在意，感覺到瑪利亞心跳聲的右耳很幸福。

「啊……」

政近沒能直接說明而含糊帶過，瑪利亞露出為難與害羞參半的笑容放開他。

「哎喲，久世學弟真是的……」

「不好意思。」

「沒關係，畢竟是男生，這是沒辦法的吧～～」

瑪利亞說完點點頭，以聖母般充滿慈愛的笑容張開雙手。

「如果是你就可以喔。來吧？」

「呃，不，這──」

「啊，原來如此。不敢主動撒嬌是吧。那就由我主動哦～～？」

「不，等等──！」

驚嚇向後仰也只是一瞬間的事。探出上半身的瑪利亞，雙手穩穩抓住政近的頭，然後──

政近得知「母性的暴力」為何物了。

◇

「……總覺得好厲害。」

因為瑪利亞的手而強制沉溺在母性的政近，以有點蹣跚的腳步前往音樂室。接下來要進行樂團正式上台演唱表演的最終彩排……不過腦中現在沒什麼空。

後悔或自我厭惡的情感完全飛到九霄雲外，就是這麼厲害。厲害到筋疲力盡。

（反倒是瑪夏小姐為什麼那麼神采奕奕啊……）

政近氣力耗損，反觀在階梯前道別的瑪利亞氣力充沛。該不會是想疼愛的慾望成功發洩之後消除壓力吧。

（不妙……難道說，以後每次在瑪夏小姐面前消沉都會這樣嗎？那就真的有點……感覺總有一天真的會發生不妙的事。）

受到神祕危機感的襲擊，政近背脊發毛顫抖。就在這個時間點，他和走廊另一頭走過來的有希視線相對。

「有希……」

「政近同學……？」

政近連忙打直背脊故做平靜。但是有希對於這樣的政近疑惑皺眉，快步走過來之後露出雕塑般的笑容開口。

「政近同學，原來你在這裡啊。」

「咦？」

「有人要求追加租借備品。可以請你幫忙嗎？」

「啊，啊啊。」

懾於這張鐵壁般的笑容，政近跟在有希身後前往倉庫。沒進行什麼對話就抵達倉庫前面，有希開鎖入內確認沒有別人。剛確認完，有希就快步跑向政近，從正前方用力抓住政近雙手，然後在極近距離仰望哥哥的臉，露出像是莫名感受到危機的表情問。

「哥哥沒事嗎？需要打起精神的我愛葛格光波嗎？」

「不需要。」

「我愛葛格光波～～！」

「就說不需要了！」

就像這樣，被溫柔的大姊姊疼愛，又被溫柔的妹妹撒嬌……在兩人的關懷之下，政近稍微回復心情了。

第6話 戰鬥力很重要對吧

「好，很完美吧？」

「嗯，我覺得非常好。」

上台之前的最終彩排結束，毅與光瑠發出很滿意的聲音。只有這次沙也加也沒提出指正，艾莉莎以及……不經意覺得乃乃亞也洋溢滿足般的氣息。

政近也不例外，五人身穿乃乃亞設計的正式表演服，重振精神進行的這場彩排，政近率直認為是至今最好的一次。

「非常好……真的。」

政近佩服般這麼說並且鼓掌，毅害臊搬回應。

「喂喂喂，怎麼搞得像是已經正式上台表演完了？還只是彩排耶？」

「哈哈，話是這麼說沒錯……沒有啦，想到這群團員居然成功整合到這種程度，我忍不住就……」

「不對，找人的是阿世你吧？」

「是啊。」

「……啊，對喔。」

「居然忘了！」

毅的吐槽使得艾莉莎與沙也加也不禁發笑。順帶一提，乃乃亞對政近的稱呼方式經過數天又變回「阿世」。依照她本人的說法，新的稱呼方式感覺怪怪的。

「好！那麼既然經紀人拍胸脯保證了，雖然有點早，不過先去後台吧！」

「等一下，毅。還有很重要的事情要做吧？」

「咦？」

「不，咦什麼咦……還沒決定團長是誰吧？」

毅發自內心感到不解，差點綜藝摔的政近這麼說。視野一角看得見艾莉莎的表情因為這句話而變得僵硬。但是毅的反應很遲鈍。

「啊，啊啊～～啊～～……確實有這件事。」

「不，這是很重要的事吧？別忘記好嗎？」

「沒有啦，與其說是忘記……」

毅有點為難般搔了搔腦袋，看向艾莉莎。

「因為我早就以為艾莉同學是團長了……」

「咦……？」

毅這句話使得艾莉莎睜大雙眼。不過連光瑠也接著像是贊同毅般點頭。

「是啊。我也認為要選團長的話就是艾莉同學。」

「咦，光瑠同學……？」

艾莉莎驚訝轉身看過去，光瑠溫柔笑著開口：

「剛才政近說『這群團員居然成功整合』……但是實際上這五人能夠成功整合，我覺得大多是艾莉同學的功勞。妳率先主動親近所有團員，我好開心。而且……決定樂團名稱的那時候也是。」

說到這裡，光瑠有點害羞般搔了搔臉頰。

「大家都偏向於提出以自己喜好為優先的名稱，只有艾莉同學向我們提出隱含特殊含意的名稱吧？實際上，我覺得就某方面來說也因而決定了樂團的方向性。所以……從那時候開始，我心目中的團長非艾莉同學莫屬。」

聽到光瑠這麼說，艾莉莎像是在承受什麼般緊閉嘴唇，眼皮微微顫動。此時……

「喂，光瑠！你說得太好了吧！這樣我不就像是笨蛋了嗎？」

「看一下氣氛吧，笨蛋。」

「這就是你的問題喔，笨蛋。」

「好過分！」

毅略為慌張大喊，政近與光瑠立刻出言反擊。明明氣氛變得挺不錯的卻被搞砸了。

艾莉莎也一副鬆懈下來的模樣露出苦笑。

「那麼……兩票投給艾莉了，沙也加與乃乃亞怎麼樣？」

政近重新振作詢問兩人，沙也加面不改色聳肩。

「我可沒有不識趣到在這種局勢逆風反對。」

「沙也親很老實嘛～～」

「乃乃亞，妳說了什麼嗎？」

「沙也親很老實嘛～～」

「不必重複沒關係的！」

兩人的對話同樣毫無緊張感，使得政近他們笑了。

「所以，乃乃亞呢？」

「不是很好嗎？團長請多指教。」

乃乃亞很乾脆地這麼說完，朝艾莉莎輕輕搖手。五人的視線集中在艾莉莎身上，艾莉莎雙眼晃動。但她瞬間閉上雙眼換個表情，掛著堅定的笑容握拳。

「那麼重新來過……『Fortitude』首場演唱會，大家加油！預備……喔～～！」

聽到艾莉莎的吆喝，政近等人也——

「喔～～！」

「喔，喔～～！」

「喔～～？」

「喔……喔。」

「喔～～」

「不對，配合一下好嗎？根本沒整合吧？」

政近吐槽之後，艾莉莎慢慢放下拳頭縮起肩膀。

「～～！」

「你們看！艾莉害羞了吧！別難過，妳很努力了吧？明明沒經驗卻努力扮演團長帶頭歡呼對吧？你們幾個！不准欺負團長！」

「政近同學……」

「嗯？」

「拜託你閉嘴。」

「是。」

◇

「喔喔～～聚集了很多人耶……糟糕，我開始緊張了。」

「哈哈哈，說得也是……不過，我覺得接下來會更多人哦？雖然自己說也不太對，但是我們好像相當受到注目。」

「是啊……昨天也是到處都有人前來搭話。」

正式上場的二十分鐘前，拿著樂器移動到後台之後。從舞台側邊看向台上的毅臨陣微微發抖，不經意看向政近。

「這麼說來，我們昨天也有見到桐生院……政近你和那傢伙發生什麼事嗎？」

「你說的桐生院是男的桐生院吧？和他發生什麼事？你問得太抽象我聽不懂。」

「對對對，男的那個。沒有啦，那個……他當時一直纏著我們，問你這傢伙會不會上台……」

「啥？那是怎樣？這裡說的『你這傢伙』是我吧？」

「嗯。」

毅告知的情報使得政近歪過腦袋。聽他這麼說，就覺得雄翔好像也直接問過類似的事……但是完全不知道他的意圖。

「我說你是經紀人不會上台，他就不知為一臉複雜的走掉……你心裡有底嗎？」

「……不，沒有。」

「唔哇。」

這一瞬間，突然響起像是讀稿的這個聲音，政近與毅看向該處。像是聽到兩人對話的乃乃亞，就這麼半閉雙眼像是不敢領教般張著嘴。

「嗯？怎麼了？」

「沒有啦……感覺準優勝小弟好可憐喔～」

乃乃亞像是自言自語般說出的這句話使得政近皺眉。

（準優勝……準優勝小弟？咦？我總覺得好像聽過……）

腦中一角微微受到刺激的這種感覺，使得政近看向下方搜尋記憶。但是毅在這時候開口，思緒因而中斷。

「喔……那我去接叶過來。」

「啊，嗯，路上小心～」

「時間到之前要回來喔～」

「好，我快去快回。」

看著留下這句話離開的毅，接著是乃乃亞開口：

「啊～～那麼，我也去叫烈音與玲亞過來嗎～～」

「咦？誰啊？」

「我的弟弟與妹妹～～那麼，我離開一下喔～～」

「啊，抱歉，我也要去一下洗手間……」

「喂喂喂……」

團員們接連離開現場，政近稍微皺眉之後聳肩。

「……哎，一直待在後台也只會無謂緊張吧。」

政近說完不經意轉過頭去，不知不覺和沙也加四目相對。沙也加和政近四目相對之後將視線移向艾莉莎，看著斜上方然後忽然轉身。

「我也想見烈音與玲亞，所以跟著乃乃亞離開一下。」

「喂，為什麼突然這麼貼心？」

「你在說什麼？上台十分鐘前我就會回來。」

「喂～～」

在一陣慌亂之後，現場只留下政近與艾莉莎。就在昨天，政近在這裡做出被人誤會是在求婚的害臊行徑，所以兩人獨處的這個狀況有點尷尬。

「哎，該怎麼說……看起來整合得很好，卻沒有想像的那麼好？團長，這部分妳覺得怎麼樣？」

即使半開玩笑這麼問，艾莉莎也沒回答。略感疑惑的政近看向艾莉莎的臉，這張表情令他睜大雙眼。

「艾……艾莉？」

艾莉莎眉角下垂，眼角使力，一副隨時會哭出來的樣子。政近困惑搭話之後，艾莉莎迅速低頭藏起表情。看到她的肩膀微微顫抖，政近的困惑達到頂點。

（咦，她……她在哭！該……該怎麼辦？溫柔抱緊她？不不不這種事只限帥哥可以做而且說起來根本不知道她為什麼在哭但是感覺幫她遮一下臉比較好——）

在一秒鐘內經過強烈的內心糾結，政近決定出借肩膀作為妥協的方案。不是將艾莉莎摟過來，而是主動走向艾莉莎，以笨拙動作讓她的頭靠在自己肩膀，然後模仿瑪利亞對自己做的那樣，盡量溫柔撫摸她的頭。

「怎麼了？被選為團長這麼開心嗎？」

政近將思考之後得出的推論說出口，隨即感覺到艾莉莎在肩頭微微點頭。然後，一個聲音顫抖的小小疑問傳入耳中。

「我……有回應你的期待嗎……？」

這句話令政近受到震撼。緊接著，政近為自己的膚淺極度後悔。

給予艾莉莎「超越沙也加成為樂團團長」這個課題的人不是別人，正是政近自己。為了回應這份期待，艾莉莎全力以赴了。可是……政近擅自對這樣的艾莉莎吃醋，沒有關心艾莉莎的心理狀態。

（我這個大笨蛋……！即使表面看起來表現得再好，她內心肯定充滿不安吧！至今在學生會也鮮少表現自我的艾莉，突然拚命試著和不太熟的四人打交道啊？我為什麼沒能多照顧她一點！）

以往甚至不會主動交朋友的人，被要求同時和四人建立交情的時候，心理上的負擔不知道多麼沉重。政近完全缺乏這方面的想像。到頭來，明明放話說「會和往常一樣協助」，卻認定不必協助她也能順利成功，擅自吃她的醋……

「妳是超過我期待的優秀搭檔……我真的很尊敬。對不起，我沒有多多關心妳。真的對不起……」

政近以透露懊悔心情的聲音道歉，艾莉莎默默搖頭。即使這個反應再度稍微刺激罪惡感，政近還是溫柔說下去：

「真的很了不起喔……參與團體活動，而且在團體之中發揮領袖風範，妳明明不適應這種事……但是妳好努力。」

政近輕拍艾莉莎的背這麼說完，艾莉莎終於慢慢開口了。

「我一直誤以為自己是最努力，最了不起的人。」

艾莉莎突然這麼告白，但是政近不發一語專注傾聽。

「不過，這是幻想吧？第一學期結業典禮致詞的時候，我終於察覺這一點了。」

聽著有點自嘲的這段獨白，政近腦海浮現艾莉莎率直承認自己不成熟的那場演說。

「在我努力的時候，別人在別的地方努力……各方面都不如我的人，在這個世界並不存在吧？現在也是，我雖然擅長唱歌，樂器卻一竅不通。而且……」

艾莉莎以稍微平復心情的聲音靜靜說：

「我不像沙也加同學能夠綜觀大局做出正確指示，也不像乃乃亞同學能夠順應狀況配合旁人。不像毅同學能夠以開朗個性緩和氣氛，也不像光瑠同學那樣巧妙關懷大家。這是當然的吧。因為我在人際關係這方面完全疏於努力。」

為了避免和別人起摩擦，獨自努力至今的自己，艾莉莎斷言在人際關係這方面有所怠慢。嚴以律己到這麼憨直的程度，令政近感動又憧憬。

「想到他們四人承認這樣的我是團長……我覺得必須捨棄不必要的心機，主動從正面和他們拉近距離……可是，我希望在樂團裡比任何人都努力，帶領大家前進……」

「嗯……這樣啊。妳真的好努力。」

政近再度笨拙撫摸艾莉莎的頭，內心後悔不已。應該更早這麼做才對。應該好好聽她吐露心聲，成為她的內心依靠才對。

（什麼叫做「這樣需要我嗎」？你這傢伙不只是樂團經紀人，更是艾莉的搭檔吧？既然樂團看起來沒問題，明明必須把艾莉放在內心的第一順位才對……）

政近一邊後悔與反省。一邊溫柔向艾莉莎開口：

「太好了，妳獲得回報了。」

「……嗯。」

艾莉莎微微點頭，將臉埋在政近肩膀呢喃。

【得到你的認同，真是太好了……！】

政近完全無法理解這句話的真意。聽起來像是因為被認同是團長而安心，卻好像不只如此……但是在這個疑問消除之前，某人闖入後台。

「呃，咦？」

發出吃驚聲音停下腳步的人，湊巧是也在昨天看見兩人獨處的同年級男生。他的視線前方是含淚將臉埋進政近肩膀的艾莉莎，以及溫柔摸她頭的政近。

對於可能會招致誤解的這幅光景，男學生半笑不笑發問。

「那個……是給她訂婚戒指了嗎？」

「……就當成是這麼回事吧，可以請你不要打擾嗎？」

「啊，好的～～請隨意……」

目送男學生悄悄走回舞台側邊之後，艾莉莎露出像是做錯事的表情離開政近。

「……心情平復了嗎？」

「嗯，我沒事了……」

艾莉莎說完伸手按在眼角。

「我眼睛有稍微變紅嗎？」

「……一點點。但是沒問題的。觀眾肯定看不出來，那些傢伙也不會多說什麼。」

「也對。」

艾莉莎輕聲一笑點了點頭，政近也重振心情發出開朗的聲音。

「好，雖然有種已經拚盡全力的感覺，不過就重新準備正式上台——」

這一瞬間，舞台方向響起爆炸聲。

◇

時間稍微往前推，政近他們正在進行最後彩排的時候。將執行委員工作交給其他委員的統也與茅咲，正在拜會秋嶺祭的頂尖ＶＩＰ——來光會的眾人。

「歡迎各位大駕光臨。我是本屆擔任學生會長的劍崎統也。」

「我是副會長更科茅咲。」

整理為接待貴賓用的學生會室裡，聚集了歷屆的學生會長與副會長，而且是其中名聲特別響亮的重要人士們。成員包括谷山重工的社長，也就是沙也加的父親。除此之外……

「您是周防嚴清大人吧。有希小姐平常在學生會和我們處得很好。」

「這樣啊。」

政近與有希的外祖父——嚴清的身影也在其中。

「那麼事不宜遲，由我帶各位參觀校內。這邊請。」

向超重量級的校友們進行傷胃又傷心臟的自我介紹之後，統也開始帶領眾人參觀校慶。來到走廊，察覺到來光會成員的學生們，露出吃驚表情之後迅速讓路。

對於他們來說，應該會想拜會這些平常只會在電視或雜誌看見的政經界大人物吧。但是他們不被允許這麼做。

因為在校慶期間，對於來訪的來光會成員，學生不能主動搭話，這算是一項不成文規定。只由學生會長與副會長負責接待，其他學生除非是因為被搭話而回應，否則不能和他們說話。圍成人牆或是拍照當然更不用說。即使是受邀前來的外部訪客，也都是這所學校的校友或是被邀請者嚴加提醒，所以會遵守這項規定。

因此，即使沒有特別請人負責清場或保護，參觀的過程依然順利進行。

「哎呀……我就讀的時候沒有那樣的溫室耶。」

「是的。那邊是八年前由校友捐贈給園藝社與花道社的溫室。」

「原來如此，花道使用的花材就是在那裡栽培的嗎？」

「一點都沒錯。」

「喔，捐贈溫室嗎……這麼說來忘記是誰了，是不是有人為了拳擊社捐贈擂台？」

「是福瑞斯汀的田村社長吧。就我所知，他本人也非常熱愛拳擊。」

「啊啊，福瑞斯汀的……這樣啊。」

統也從窗戶看向溫室，流利回答校友們的問題。他當然只有表面看起來落落大方，內心不知道接下來會被問什麼問題而心跳加速。坦白說，他緊張到隨時都可能嘔吐。

統也的膽量原本就沒那麼大。不只如此，直到短短一年半之前，他的心理脆弱到形容為懦弱也不為過。

沒有自信的他，總是認為自己被周圍的人們嘲笑瞧不起。對於周圍的恐懼擅自在內心膨脹，封閉在自己的殼裡。以勇猛作風華麗毀掉統也這層殼的不是別人，正是茅咲。

統也嚮往她毫不媚眾貫徹自我的英姿，改變了自己。就這樣到了現在……這樣的她在身旁扶持著統也。

「……？」

感覺到統也的視線，茅咲疑惑般眨了眨眼。

統也從她這副像是和緊張無緣的模樣得到勇氣，挺直背脊。

「機會難得，要過去看看嗎？」

「說得也是。如果有時間的話。」

「知道了。請問各位也沒問題嗎？」

得到其他人的同意之後，統也朝腹部與雙腿使力，抬頭挺胸前進。身為這所學校的學生代表，他必須表現出應有的樣子。而且身為更科茅咲的男友，他也不能丟臉。

像這樣內心有點餘裕之後，視野自然變得遼闊，可以清楚看得見看向這裡的學生們臉孔。懷著敬畏之意看向這邊的視線，使得統也頗有深刻的感慨。

究竟有誰想像得到呢？一直承受侮蔑與嘲弄視線的自己，如今被四面八方投以尊敬的視線。昔日受到男生們懼怕的茅咲，如今也被投以充滿信賴感的視線。想到這一切都是自己努力得到的結果，一股火熱的情感湧上統也心頭。

「統也？怎麼了？」

「沒事……」

大概是從統也的表情察覺到什麼，茅咲輕聲搭話。統也為了讓她放心而露出笑容回答之後，看向周圍開口：

「這些視線，妳知道嗎？」

朝向兩人的視線明顯變化，去年完全沒得比。

統也這個問題說得不夠完整，但是或許該說不愧是情侶，茅咲視線瞥向周圍，然後靜靜點頭回應統也的話。在統也憐愛般放鬆表情時，她就這麼看著前方平淡告知。

「有兩股殺氣。」

「嗯，抱歉這個我不知道。」

「二十公尺前方的階梯前面，藍色上衣的男性與黑色帽子的男性。」

「慢著慢著，咦？」

即使思考完全追不上，統也還是看向茅咲所說的方向，隨即發現該處確實有茅咲形容的雙人組。在這段期間，雙方的距離也逐漸拉近。

「妳覺得……該怎麼做？」

關於這種事態，茅咲的判斷比自己值得信任。正因為知道這一點，所以統也立刻交給茅咲判斷。

「統也你在這裡等，我先——」

茅咲在這麼說的同時，像是捨不得浪費時間說話般準備行動。但是在這之前，雙人組先採取行動了。

「！」

正在提防的對象筆直衝向這裡，統也連忙作勢備戰。

「那邊的兩人！站住——」

然後在出聲警告雙人組的瞬間，跑在前頭的藍上衣男性，將手伸進隨身的手提包。看到從包包裡取出的黑色發亮物體，統也吃了一驚。

（呃……？手……槍？不會吧！）

事態過於超過預料的範疇，統也完全當機了。大腦拒絕理解眼前的事實，完全無法對身體下令。然而在統也僵住的這段期間，男性架起手上的槍，瞄準統也背後——的時候，茅咲搶先抬腿踢向手槍。

如同疾風劃過空中的左腳正確命中槍身，從男性手中踢飛。接著右腳一個箭步——毫不留情瞄準男性胯下往上踢。

「啊嗚！」

不知道是以何種威力往上踢。男性彎腰成為く字形，從地面向上彈。然後在下一瞬間，統也打從出生以來第一次親眼看見俗稱的「空中連段」。

向前彎腰，毫無防備露出的男性下顎，被強烈的上勾拳命中。這股衝擊使得男性身體更加上浮，彎成く字形的身體拉直，成為理想的沙包狀態。被重力拋棄而且毫無防備至極的軀體，被茅咲的五連擊命中。不對，實際上不知道是不是五連擊。至少在統也眼中是如此。也可以說他只看得見這種程度。

「嗯，咕嘔！」

男性發出像是青蛙扁掉的聲音，被打趴在走廊。

以錯愕表情看著這幅光景的另一名男性，發現茅咲視線朝向他之後，連忙舉起手上的手機。

「不……不是這樣——這是整人遊戲！是整人遊戲啦！」

「啊，是喔。那麼我這是反整人遊戲。」

茅咲無情告知之後，以同樣的套路施展空中連段，還以平淡語氣發出「噹噹瑯～～♪」的音效。

短短兩秒就將第二名男性打趴在走廊，過於突然的展開使得周圍的學生們也像是來不及理解般愣住。不過，一名男學生忽然看著剛才架起手槍的男性開口：

「哎呀？這傢伙是不是怪利秀？」

「咦？那個知名的闖禍型網紅嗎？」

「真的？記得他之前不是在街上對路人惡作劇，害得對方受傷所以被逮捕嗎？」

「啊，這把手槍是玩具槍。」

「難道是暗殺大人物的整人遊戲？太白痴了吧？」

聽到這段對話之後，其他學生陸續動起來了，統也也重振精神。他首先轉身向後，向來光會的眾人低頭。

「非常抱歉。看來有一些不適合這所學校的人物混進來了。我甘願承受任何責罵，不過可以先請各位准許副會長離開這裡嗎？」

聽到統也的謝罪，輩分最高的一位老翁代表眾人開口：

「嗯，看來入場管理有疏失。不過總之現在就努力收拾事態吧。」

「謝謝！」

統也大聲道謝之後抬起頭，走向茅咲迅速說明：

「抱歉茅咲，這些傢伙可以交給妳嗎？必須問出是誰邀請他們來的……來光會那邊暫時由我來接待。」

「收到。這些傢伙交給我吧。我會在風紀委員室好好問個清楚。」

「……適可而止哦？」

茅咲已經明顯做出過度防衛的行為，統也為求謹慎如此忠告。茅咲隨即像是明理般點頭。

「沒問題。垃圾要有垃圾的樣子，我只是會好好分類為可燃與不可燃罷了。」

「這樣沒問題嗎？話說，分類為可燃與不可燃是什麼意思？」

「咦？當然就是從骨頭拆下肌肉——」

「很痛很痛！雖然聽不太懂但是這樣肯定很痛！」

即使不由得全身發毛，統也還是將這裡交給茅咲——

『——！——！』

某處傳來粗暴的怒罵聲，統也迅速抬起頭。

◇

反觀在這個時候，和政近他們分開的毅單手拿著手機，在操場徘徊尋找弟弟。

「咦～～？是在這附近吧……人太多看不出來。」

才九歲的弟弟身體嬌小，另一方面，這裡幾乎都是高中生以上的人，在人群之中遲遲找不到他的身影。即使如此，毅還是環視周圍想要努力找到弟弟，此時一個人影忽然進入視野。帽簷壓得很低，似曾相識的背影。毅的視線不自覺被這個背影吸引……在這個人忽然朝向側邊的瞬間，毅不由得發出聲音。

「咦……奈央？」

對方是在一個月前突然消失的朋友。聽到這個聲音反射性地轉過身來的她，和毅四目相對。

「毅……」

「為……為什麼？」

在人群之中，分別以錯愕與尷尬視線交會的兩人。然後在奈央正要開口的瞬間……某處響起爆炸聲。

◇

（沒想到真的發生這種事……！）

爆炸聲的元凶當前，咬牙切齒的沙也加回想起上週發生的事。

「沙也加小姐，對於風紀委員來說，妳認為最重要的東西是什麼？」

在校慶之前的風紀委員會，沙也加被堇這麼問。對於這個問題，沙也加連忙讓大腦高速運轉，想要瞬間導出對方想要的答案。

沙也加擔任風紀委員，原本就是基於非常自私的理由。第一個理由單純是在推薦甄試的時候比較有利。另一個理由說穿了是方便掌握學生的弱點。這兩者都是用來提升自己在校內的地位。進一步的目的是增加將來派得上用場的人脈。

沙也加眾所皆知是做事認真的模範學生，但她不以這種言行舉止為苦，只是判斷想站在眾人之上的話最好這麼做才這麼做。因為並不是熱愛紀律，也沒有厭惡違紀行為，所以不會強迫別人向她看齊。應該說她對別人沒興趣，不會刻意干涉別人的言行舉止。

然而，沙也加沒有笨到在這個場合老實說出這種事。

「我想想……」

沙也加以開場白爭取時間，在自己內心得出最佳解。

「站在校規與學生的意志中間，不偏袒任何一方的意識……是這樣嗎？」

搞定了。她這麼想。

沙也加自己都認為回答得很漂亮，在內心振臂叫好。然而……

「妳錯了，沙也加小姐。」

回給她的居然是當面的否定。看著沙也加眉頭一顫，董忽然將視線投向遠方，像是在眺望自己也還沒抵達的境地。

「對於風紀委員來說最重要的東西。那就是……」
然後，董以蘊含羨慕與確信的聲音告知。
「戰鬥力。」
這傢伙在說什麼？沙也加由衷這麼心想。然而，沙也加沒有笨到在這個場合老實說出以下略。
「是這樣嗎……可是這麼一來，就代表我還沒滿足必要條件……」
即使如此，沙也加還是有點挖苦般這麼回答，董對此優雅一笑。
「不需要以自己的力量解決一切。在需要戰鬥力的緊急事態，如果自己沒有力量，呼叫擁有力量的人也是正確答案。如果進而能夠保護自己能力範圍內的弱者，就是百分百正確的答案。」
董將手背抵在臉頰一笑，這時候的沙也加心想「動畫看太多了吧？」覺得傻眼又冒出一股親近感……卻沒想到這種緊急事態真的發生在眼前。
沙也加離開後台之後，以尋找乃乃亞為藉口在操場閒逛。在這樣的沙也加眼前，突然有一名男性引爆鞭炮。
「呀啊！」
「唔喔？怎麼回事？」

在周圍驚叫的狀況下，男性居然將地面正在冒煙的鞭炮踢向人群。該處的人們當然尖叫逃竄不知所措。

（那……那個男的是怎樣！歹徒嗎？）

這名男性引發周圍的混亂，但是當事人莫名地面無表情。袖口歪扭的衣服搭配嘴邊篷亂的鬍子，全身散發異常的氣息。

『如果自己沒有力量，呼叫擁有力量的人也是正確答案。如果進而能夠保護自己能力範圍內的弱者，就是百分百正確的答案。』

面對這個緊急事態，董的話語在腦中甦醒。在沙也加的身旁不遠處，一名大約是小學生的少年，被逃跑的學生推倒在地。

「啊！」

少年輕聲哀號按住膝蓋，沙也加瞬間判斷之後抱起他，迅速取出手機。

「你沒事嗎？」

「啊，唔，嗯。謝謝姊姊。」

沙也加一邊關心少年的安危，一邊調出董的號碼，以最快的速度打電話。

「桐生院學姊！我是谷山！現在在操場的B區——」

請求支援的沙也加視線前方，男性慢慢面向戶外舞台，然後依然一副面無表情的異常模樣，就這麼朝該處踏出腳步。

◇

「怎……怎麼了？」

突然響起的爆炸聲不只一次，接連發出響亮的聲音。而且聽得到其中交雜著學生們的哀號。

「！」

聲音非比尋常，政近衝向舞台側邊。艾莉莎隨後追了過來，政近以視野一角確認，同時看向舞台，隨即看見散播激烈聲音與煙霧的物體，以及在物體周圍驚慌失措的舞蹈社學生們。

「鞭炮……？」

看出噪音的真面目，政近心想「為什麼會有這種東西？」而混亂的時候，又有新的鞭炮扔上舞台。不只如此，觀眾席也響起同樣的爆炸聲。

「喂！快點下台啊！」

雖然大聲呼叫台上的舞蹈社，不過好像是在跳舞的時候被扔鞭炮，看起來有兩三名學生因而摔倒站不起來。

（嘖，有沒有能夠擋住鞭炮的東西……）

為了安全救出倒地的學生，政近環視周圍尋找可以當成盾牌的東西。此時，拿著麥克風的艾莉莎從他身旁跑出去。

「等等——」

政近發出吃驚的聲音，背對著他的艾莉莎跑上舞台，然後環視觀眾席，找出引發這場騷動的犯人。

幾乎要陷入恐慌的觀眾席後方，穿著老舊衣物的一名中年男性，正在從肩背包取出鞭炮。然後他將取出的鞭炮點燃，準備扔向觀眾席。看見這一幕的艾莉莎連忙大喊。

「住手！」

以麥克風擴大的有力聲音響遍全場，拿著鞭炮的男性以及差點恐慌的觀眾頓時停止動作。他們反射性地朝著台上一看，是一名銀髮飄揚，以光明正大的態度站在該處，美麗得令人屏息的少女。

「哇……」

「艾莉公主……」

認識她的人或是不認識她的人，都一起被奪走注意力。維持數秒的忘我與寂靜，被新的爆炸聲打破。

點燃的鞭炮在不由得停止動作的男性手中爆炸了。男性慌張將鞭炮扔到地面之後，台上的艾莉莎狠狠朝他投以缺乏自制力的視線。

「各位！請冷靜下來往那個方向避難——」

艾莉莎暫時無視於男性，接著向觀眾大聲這麼說。新的鞭炮瞄準她扔了過來。

「啊——！」

某人發出充滿焦急的聲音，在觀眾伴隨危機感注視的前方，鞭炮飛向艾莉莎——從舞台側邊跑出來的少年，居然在半空中將鞭炮踢落。像是動作片般的神乎其技，使得觀眾不禁驚聲騷動。另一方面……

（雖然不會痛，但是好險！那種阻擋方法不會每次都成功吧！）

以跳踢擊墜鞭炮的當事人政近，和這一招的犀利程度相反，全身冒出冷汗。

向工作人員進行各種指示的政近，來到台上一看卻突然有鞭炮飛過來。他判斷用手拍掉很危險所以改成出腳，不過能夠成功有一半以上是偶然。

「艾莉沒事嗎？」

「啊，嗯。」

「好。」

確認擊墜的鞭炮落到台下之後，政近關心身後的艾莉莎。

（話說，如果以艾莉的安全為優先，正常來說應該用手吧……）

政近稍微反省，將艾莉莎保護在身後，同時思考接下來要怎麼行動。

（那個男的，由我直接去壓制嗎？不，可是離開艾莉身旁不太好……）

思索是否有其他方法可行，政近將視線掃向周圍……發現某個特別耀眼的團體正在撥開人群前來這裡。帶頭的是以蜂蜜色縱捲髮為特徵的女學生。

「！」

一看見這群人，政近就連同艾莉莎的手抓住她的麥克風，朝著該處大喊。

「那邊章魚燒攤位前面的人們！請分散到兩邊讓路！那邊入口處的人也讓路！」

聽到大聲傳來的這個指示，倉皇失措的人們連忙照做，就這麼開出一條約兩公尺寬的路，然後男裝的麗人直奔而來。她任憑蜂蜜色的縱捲髮隨風飄揚，身後帶著三名像是隨從的男裝少女。

突然出現又朝這邊跑過來的這群人，使得男性做出稍微慌張的反應，將手上的三根鞭炮扔過去。目標是四人之中帶頭奔跑的女學生——堇。但是堇看起來毫不畏懼，冷靜將披風高舉在面前，在飛來的鞭炮之中毫不減速成功突破。

然後她一抵達男性面前，就拔刀砍向轉身想逃的男性背部。雖說是模造刀，卻是認真砍人的話可以打斷骨頭的強度。而且揮刀的雖然是十多歲的女性，卻是能以竹劍輕易制服成年男性的劍豪。當然不會只有皮肉傷那麼簡單。

想逃的男性踉蹌將身體向後仰，脫手落下的鞭炮依然即將爆出閃光。然而從堇兩側衝出來的兩名女學生，在經過鞭炮的瞬間砍斷導火線，以這種超人的技術強行滅火。最後突擊過來的嬌小少女，將沒出鞘的細劍捅入男性的右側腹。

「嘎！」

挨了形容為肝臟攻擊都不夠看的這一招，男性倒在地面，然後轉眼之間被女學生們親手逮捕。

「喔喔〜〜」

「好……好帥……」

「堇學姊……！」

彷彿欣賞到真實上演的時代劇，群眾不禁開始拍手。堇在掌聲中筆直走上舞台，政近輕輕向她低頭致意。

「堇學姊，感謝協助。」

「不，我才要說你幫了大忙。因為多虧這樣才得以迅速處理。」

堇若無其事輕撥縱捲髮，政近心想「好堅強啊……」苦笑發問。

「那個男的，可以交給風紀委員處理嗎？」

「好的，那當然……雖然我很想這麼說，不過發生了一點問題。」

「咦？」

政近頭上冒出問號，董看著被逮捕的男性開口：

「看來，不速之客好像不只是那個男的。」

「「咦……？」」

「學生會長與姊姊大人那邊，好像也出現可疑的人物。」

「會長那邊……？」

「怎麼這樣，會長他沒事嗎？」

聽到艾莉莎這麼問，董得意洋洋挺胸。

「當然，畢竟姊姊大人和他在一起。」

「請問……？」

「啊，是在說更科學姊吧？」

「咦？這……這樣啊。」

艾莉莎眨了眨眼。看來這個世界對她來說有點難懂。

「除此之外，也發生了幾件麻煩事……看來是有好幾個集團潛入了。」

「為什麼會變成這種事態……」

政近說完立刻搖了搖頭。原因之後再查明，必須先處理已經發生的事態。

「知道了。我辦完一些事情之後，也會回去完成執行委員會的職務。」

「啊，那我也——」

「艾莉妳留在這裡。」

「咦？」

艾莉莎睜大雙眼，政近轉身面向她，毫不猶豫這麼說。

「艾莉妳在這裡安撫觀眾，然後和工作人員協調，事態一平息就進行演唱會。」

「咦，可是……」

發生這種事件之後，還要進行演唱會嗎？說起來，我是學生會的成員，不去努力收拾事態沒關係嗎？清楚透露出這份迷惘的艾莉莎雙眼，政近以筆直的視線貫穿，然後以隱含堅定決心的聲音告訴她。

「我身為『Fortitude』的經紀人，背負著引導演唱會成功的責任。而且啊，我說過吧？扯妳後腿的傢伙，我會全部幫妳清除。」

這是昨天政近在後台立下的誓言。聽到這句話，艾莉莎眼中的迷惘消失，蘊含堅定的光輝。

「所以……相信我，並且等我吧。我一定會讓演唱會順利舉行。」
政近說到這裡閉上嘴，艾莉莎在胸前交握雙手，露出充滿信賴感的笑容。
「好的，我相信你。」
「嗯，好。」
「……要小心喔。」
「啊啊。」
政近回給艾莉莎一個堅定的笑容，然後轉身看向堇。
「就是這麼回事。不好意思。可以請風紀委員出借戰力負責這裡的警備工作嗎？」
「好的，沒問題。柊小姐！」
「是。」
堇一打響手指，一名戴眼鏡的女學生就迅速現身站在她身後……是忍者嗎？
「和這邊的九条艾莉莎小姐一起安撫慌張的大家吧。」
「遵命。」
男裝女學生裝模作樣行禮致意，但是別看她這樣，她是女子劍道社的副社長，以戰力來說無可挑剔。
「不好意思，謝謝。那麼，晚點見。」

「好的。」

向堇道謝，在最後和艾莉莎視線交會之後，政近跳下舞台前去收拾事態。

第7話 暴力會解決一切

「毅！」

首先為了讓樂團成員集合到艾莉莎那裡，政近跑向剛才在台上發現的毅。

「喂！毅！」

「喔，喔喔……」

即使跑過去呼叫，毅的反應還是很遲鈍，政近對此皺眉……不過看見毅視線前方的人物之後，政近也僵住了。

「白鳥……」

「……」

奈央像是不知如何是好，默默移開視線。政近只猶豫一秒，就重新朝著一樣不知如何是好而僵住的毅搭話。

「毅，白鳥的事情晚點再處理，先回舞台吧。」

「咦，可是……」

「白鳥她不會逃走，而且之後會好好談！所以現在專心準備演唱會吧！你要表現給弟弟看吧！」

聽到政近這段話，毅頓時搖晃肩膀，然後慌張環視周圍。

「對……對了，叶！那傢伙跑去哪裡——」

「等等，唔……白鳥！」

毅冷不防突然跑走，政近原地踏了幾步之後面向奈央。然後在奈央受驚搖晃肩膀看過來的時候，他猛然低下頭。

「剛才我把話說得太重，對不起！」

「咦——」

「抱歉，詳情晚點再說！」

只迅速留下這句話之後，政近就去追毅了。幸好毅一邊環視周圍一邊徘徊，所以政近沒跟丟順利追上，而且毅也在同一時間找到弟弟。

「叶！」

「啊，哥哥！」

「沒事嗎？剛才那樣有受傷嗎？」

「唔，嗯，這位大姊姊有保護我……」

叶說完以視線示意的人，是和他牽著手的沙也加。毅用力握住沙也加另一邊空著的手，深深低下頭。

「沙也加同學！真的很謝謝妳！」

「呃，嗯，總之是湊巧……」

「真的是……謝謝妳……！」

沙也加被毅的熱烈感謝大吃一驚，為了裝出冷靜態度想要輕推眼鏡……卻發現雙手都被封鎖而僵住。看到沙也加難得露出慌張神情，政近在感到意外的同時向毅開口。

「不好意思，恕我打斷這個感人的場面，不過可以早點回去舞台嗎？帶著弟弟過去也沒關係。」

「咦，可是……」

「演唱會一定會舉行。所以相信我，並且做好準備吧。我也會立刻叫光瑠與乃乃亞回去。」

聽完政近這麼說，毅與沙也加稍微相視點頭，然後三人一起前往舞台。政近目送他們的背影，取出手機思考另外兩人在哪裡。

「光瑠……是去上廁所嗎？應該在校舍那邊。」

然後他一邊打電話給光瑠，一邊跑向校舍。

◇

「嗚嗚，總覺得還是不舒服……只要緊張馬上就會這樣……」

上完廁所的光瑠為了回到操場，板著臉在走廊前進。然後在校舍出口旁邊不遠處，男女像是在爭吵的聲音傳入他耳中。

朝著那個方向看去，是打扮有點花俏的女生被一群男性包圍的光景。如果當成普通的搭訕……氣氛不太和平。說起來，一名女生被四名男性包圍的時間點就很奇怪。而且這些男性都是將頭髮染成金色或綠色的搶眼顏色，穿著邋遢鬆垮垮的衣服。明顯是在征嶺學園與周邊區域很少見，名為「不良少年」的人種。

（怎麼回事……？為什麼那種傢伙會來到這所學校？）

某個學生的調皮朋友……以這種方式解釋有點牽強。何況招待券寫著招待者姓名，要是招待有問題的人，招待的學生也會被追究責任。應該不會有學生招待像是風險聚合體的那種人而且放任不管。

（慢著，現在不是思考這種事的場合。）

周圍好像也有零星學生察覺男性們的狀況，但是看起來沒人要來幫忙。光瑠自己也完全沒有動粗的經驗，和不良少年對話也是第一次，但他從一開始就沒有「袖手旁觀」這個選項。

「咦？」

此時，光瑠褲子口袋裡的手機開始振動。然而光瑠暫時無視，走向男性們。

「所以說，姊在叫我了啦！請讓我走吧！」

「所以說也叫那位姊姊一起過來不就好啦～～」

「沒錯沒錯，我們會讓她一起爽哦～～？」

男性們在看起來明顯不耐煩的少女周圍發出低俗的笑聲，慢慢移動到沒人的方向。

此時光瑠擠盡勇氣搭話。

「那個，不好意思。」

但是男性們只瞥了光瑠一眼，完全無視於他的存在。

「那個！方便借點時間嗎？」

「啊啊？」

光瑠判斷這樣下去沒完沒了，下定決心抓住一名男性的肩膀。然後他承受對方的凶惡目光嚥了一口口水，朝著腹部用力。

「我是校慶執行委員。在校內，請不要做出這種無視於對方意願，死纏爛打的搭訕行為好嗎？」

加入虛張聲勢的冷靜警告。但是對方原本就不是可以溝通的人種。

「啊～～好的好的，這種警告就免了。」

男性粗魯撥掉光瑠的手，看起來甚至懶得掩飾了，強行抓住少女的手。

「好痛，等一下！」

「喂！你們也是受邀的訪客吧？要是在這裡鬧出問題，招待的人也會被處分啊！」

光瑠的話語使得男性們瞬間停止動作，接著一齊咧嘴露出下流的笑容。

「招待的人……是吧？」

「話說在前面，我們之所以這麼做，也是那個招待的傢伙這麼要求喔。」

「啊……？」

在光瑠錯愕的剎那，面前笑嘻嘻的男性突然改為嚴肅表情——下一瞬間，一股衝擊貫穿光瑠的腹部。

「嗚！咳咳！」

雙腿頓時失去力氣，光瑠當場跪倒。接著，像是內臟翻轉的劇痛從腹部湧到喉頭，光瑠痛苦不堪。

「噗，哈哈，超弱的～～要什麼帥啊，雜碎！」

「喂喂喂，要多多鍛鍊身體喔，有錢的小少爺！」

「你……你們這是在做什麼啊！」

頭上傳來男性們的嘲笑聲以及少女夾雜哀號的抗議聲，但是光瑠無暇在意這種事。可說是至今人生史上最強烈的痛楚，令他只能任憑眼淚模糊視野注視地面。不過……

「啊，姊！烈音！」

從少女發出的聲音，察覺有人前來相助……

（啊，太好……了。）

光瑠在腦中一角稍微鬆了口氣。

◇

乃乃亞是在四歲的時候，明確察覺自己和周圍的差異。

那是在幼兒園午休時間發生的事。據說操場角落的小池子有大青蛙，同班的十幾名幼兒園兒童聚集在該處。然後，他們發現池子中央附近突出的枯木上有一隻青蛙，大家從來沒看過那麼大的，幾個調皮的男生開始扔石頭。

在這個時候，一位老師以驚慌失措的模樣跑過來。老師平常就說「池子很危險所以不可以接近」，所以這次應該也是來提醒這件事吧。但是看見男生們不死心繼續朝著逃到水面的青蛙扔石頭，這位老師變了表情。

「住手！這樣青蛙看起來很可憐吧！」

聽到老師的叫喊聲，扔石頭的男生們完全停止動作。旁觀的孩子們也像是尷尬般低下頭。其中只有乃乃亞是例外。

「老師在說什麼？」她以純真無比的心態這麼心想。

老師不可能知道青蛙可不可憐。任何人都聽得出來的這種謊言，為什麼這位老師面不改色就說得出口？明明總是對孩子們說「不可以說謊」，為什麼……

「好～～」

「知道了～～」

為什麼別的孩子們接受了？不只是不可思議，而是毛骨悚然。一臉正經說謊的老師以及被騙的周圍孩子們，乃乃亞滿腦子覺得是和自己不同的生物。

可以理解不能接近池子，因為沉下去很危險。可以理解不能打朋友，因為打人就會被那個人打回來。但是她無法理解為什麼不能對青蛙扔石頭。即使對青蛙扔石頭，也不會反被青蛙扔石頭。再怎麼絞盡腦汁，乃乃亞也不認為人類會被青蛙狠狠修理。畢竟總不可能像是圖畫書的青蛙那樣以魔法變成人類，實際上老師也不是說「很危險」而是

「看起來很可憐」。換句話說……

（我懂了，原來大家是笨蛋。）

肯定是這麼回事吧。其實老師也不知道為什麼不能向青蛙扔石頭。因為不知道，所以隨便說謊想要騙人。而且其他孩子們輕易就被騙了。以為騙得過的老師以及被騙的孩子們全都是笨蛋。乃乃亞察覺這一點的瞬間，老師在她心中成為無法相信的存在。因為會說謊。因為會說謊想要騙人。

「大家知道了嗎？」

「「「「是～～」」」」

不過她也知道，要是刻意說出來會很麻煩。而且媽媽也說「要好好聽老師的話」。

「是。」

所以乃乃亞也配合旁人乖乖點頭。

在這之後，乃乃亞對於老師的不信任感也逐漸膨脹。仔細聽就會發現老師說的盡是欺騙與矛盾。在孩童聽得懂的範圍就這樣，實際上應該說了更多謊吧。一旦這麼想，她就再也無法相信任何事了。

「欸，爸爸、媽媽，老師為什麼要說謊？」

某天，再也無法忍受周圍這股噁心感的乃乃亞，在家裡這麼詢問父母。父母隨即吃驚般睜大雙眼，詢問發生了什麼事。對此，乃乃亞以稚拙的話語說明。

老師完全不肯說真話。老是隨便亂說話，強迫大家聽他的話。

拚命傳達這一切之後，父親露出正經表情點頭，撫摸乃乃亞的頭。

「這樣啊……乃乃亞是比其他孩子更成熟又聰明的孩子喔。」

「……聰明？」

「沒錯，乃乃亞很聰明，所以聽得懂大人的謊言。」

聰明。這是出乎意料的話語。乃乃亞一直以為自己特別奇怪，所以父親這句意外的稱讚，對她來說是一道光明。

「謊言……大家果然都在說謊嗎？」

「唔～～什麼事情是謊言，這有點不好說明……」

母親代替結巴的父親開口：

「小乃，聽我說。在這個世界，大家認為是對的事情，就會成為對的事情哦？」

「咦咦？謊言也是嗎？」

「沒錯。即使是謊言，只要大家認為是對的，那就是對的。」

「……好噁心。」

乃乃亞皺眉輕聲這麼說，她的父母露出有點為難的表情。其實這時候的兩人沒察覺女兒真正的特異性。乃乃亞的……天生缺乏罪惡感與同理心的特異性。

乃乃亞覺得和周圍有所差異的最大原因，在於她無法對於欺負生物抱持罪惡感，而且無法對於周圍「欺負生物很可憐」的意識產生共鳴。

父母以為乃乃亞是「因為聰明所以看透了大人的真心話與表面話」，但這是一種誤解。只不過是因為她單純無法理解情感論，不會受到自己情感與周圍意見的影響，所以冷靜判斷老師的話語是「隱藏掩飾了本質」。

但是乃乃亞的父母雖然有所誤解，卻在這時候奇蹟似地抽中「正確解答」。

「乃乃亞。聰明是值得驕傲的一件事……不過配合周圍也很重要哦？妳想想，要是胡亂違抗周圍，被大家嫌煩或是警告也很麻煩吧？」

「如果就算這樣，還是無論如何都無法接受老師的說法……就告訴媽媽或爸爸吧？到時候由我們去和老師談。」

這兩人純粹為女兒著想的這些話語，乃乃亞平靜接受了。

然後在這個時候，乃乃亞內心可以信賴的大人只剩下父母兩人。過於聰明的她為了配合周圍，為了避免麻煩事，決定聽從父母說的話。這條至高無上的規則束縛乃乃亞，成為保護乃乃亞獨一無二的法條。

然後，乃乃亞現在面對笑嘻嘻接近的男性，向自己的法條提出詢問。

男性背後是被其他男性抓住手臂的妹妹玲亞、按著腹部蜷縮在地的朋友光瑠、想救出玲亞卻被打倒的弟弟烈音。看著這幅光景……乃乃亞久違感受到心臟強烈跳動。

（啊啊，真棒……）

心在跳動，身體蘊藏熱度。總是俯瞰世界的自身意志，逐漸和自己身體合而為一的感覺。自己成為「人類」的亢奮感。

（好想更加沉浸在這種感覺……不過，這個好礙事。）

乃乃亞注視面前的障礙物，思考自己在此時此地該怎麼做，回顧父母至今賦予的數條規則。

『要溫柔對待弟妹』、『要珍惜朋友』、『不可以先動手』、『不可以做危險的事』、『遇到危險首先要逃走，辦不到的話就求救』、『要是被怪人纏上……………』

乃乃亞在自己心中檢討這些規則，思考自己在這個場合該做什麼又不該做什麼。然後她得出結論了。

「喂喂喂，真的假的？這邊的也超正耶——」

「來人啊——！救命啊——！」

「？」

在露出下流笑容接近過來的男性面前，乃乃亞放聲大叫。突然的哀號使得男性吃驚般愣在原地。不對，男性愣住的真正原因是……面前的少女沒露出恐懼的神色。

明明拉開嗓子大聲呼救，這名少女卻什麼都不怕。叫喊之後的少女眼睛如同彈珠般冰冷，簡直像是基於義務完成某人的吩咐。她異常的模樣搭配美麗端正的容貌，醞釀出非人類般的詭異氣息。

「！」

面對真相不明的存在，男性不由得後退一步。已經按照吩咐行事的乃乃亞面無表情抬頭看著這張臉，決定迅速清除眼前的障礙。

（總之先毀掉眼睛吧。）

始終以合理的方式行動。毫不猶豫。

乃乃亞以手指戳向男性的雙眼。這是淺顯易懂的弱點。

「唔喔！」

男性反射性地向後仰而且轉頭，所以沒有命中。但是這份「意志」充分傳達了。

（怎……怎麼回事？我剛才被做了什麼？）

男性在內心自問，但他早已知道答案。只是他的常識不想承認這一點。

眼睛被攻擊了。格鬥技當然不用說，即使是無視規則的鬥毆也避免使用的禁招。剛才受到摧毀眼睛的攻擊。眼前進行這個攻擊的女生就像是在說「咦？沒戳到」……像是足球射門沒進般，隱約露出疑惑與失望的表情——

「噫！」

強烈的恐懼竄過背脊，男性不由得發出僵硬的聲音。

對於習慣動粗也習慣被動粗的男性來說，這也是第一次的經驗。沒有殺氣、怒氣或愉悅就突然來襲，過於凶惡的暴力。眼前若無其事做出這種行為的存在，使得男性打從心底懼怕。

「嗚……嗚哇啊啊啊！」

所以這是採取暴力形式的緊急避難。不能原諒眼前的存在。這個擁有美麗少女外型的不明生物，必須立刻除掉才行。

受到這種狂亂的驅使高舉揮下的拳頭……因為目標突然後退而完全揮空。然後，男性因為動作太大而破綻百出的時候……

「噗嘎！」

拳頭從正面打在臉上，男性一招就被打得失去意識。

「啊，阿世。」

「妳啊……稍微躲一下吧？」

政近將乃乃亞一把向後拉，順便反擊賞了男性臉孔一記正拳，接著朝著懷裡的乃乃亞有點傻眼這麼說。雖然意外成為從背後摟住她肩膀的姿勢，但是政近的臉沒有害臊，乃乃亞的臉也沒有堪稱表情的表情。不對，仔細看會發現她眼睛深處像是有某種情感晃動……但是看見沒多久，乃乃亞就忽然扭曲表情，將臉埋在政近肩膀。

「謝，謝謝……我，好怕……！」

（唔呃！）

乃乃亞突然表現得像是害怕暴力的弱女子，政近繃緊臉部肌肉以免露出抗拒表情。現在這裡只有政近察覺乃乃亞的演技。周圍倉皇失措的學生們也對於乃乃亞的行動投以充滿安心與好感的視線。至於……聽到乃乃亞的叫喊連忙趕來，乃乃亞的優秀好朋友們也不例外。

「啊？你……你們是怎樣！」

「啊啊？我才要問你們是怎樣。是要對乃乃亞做什麼？」

「殺。絕對要殺。」

兩名高大的男學生釋放強烈無比的殺氣，像是惡鬼般把剩下的不良少年逼入絕境。政近就這麼將乃乃亞抱在懷中，以「唔哇……」的表情看著這幅光景。

政近對那兩個人不熟，卻知道他們狂熱信奉乃乃亞，成為她的爪牙做著各種不能見光的事。表面上是在遠方仰慕乃乃亞的溫和粉絲，實際上是將乃乃亞眼中的礙事傢伙埋葬在黑暗中的瘋狂信徒。

（看來那邊交給他們就好……應該說反倒要提防他們下手太重嗎？）

政近如此判斷，跑向終於撐起上半身的光瑠身邊。

「喂，光瑠，沒事嗎？」

「唔，嗯……身體狀況穩定了，所以沒事。」

光瑠按著腹部想要慢慢起身……不過腿好像使不上力，有點搖搖晃晃。

「唔喔！」

政近連忙抓著光瑠的右手扶住。但是某人同時扶住……應該說抱住光瑠的左手。

「那個，謝謝您剛才救我！」

「啊，啊啊，不……」

抱住光瑠左手，露出閃亮眼神把身體貼過來的人，是剛才被不良少年纏上的少女。

「那個，妳……難道是乃乃亞同學的……？」

「是的！我是她的妹妹，叫做宮前玲亞！啊，這是我弟弟烈音。」

玲亞說完隨手示意的方向，站著一名臉頰紅腫露出賭氣的表情，看起來有點傲慢的少年。

「你還好嗎？是被那些傢伙打的嗎？」

「不，這種程度完全不算什麼。」

對於政近的關心，烈音也只是嫌煩般撇過頭去。玲亞頓時投以像是在罵「死小鬼」的視線，然後瞬間露出笑容，揚起視線注視光瑠。

「大哥哥，請問您叫什麼名字？」

「咦，啊啊……我是清宮光瑠。」

「光瑠……好棒的名字！我可以稱呼您光瑠先生嗎？」

說完稍微歪過腦袋的少女雖然有點裝可愛，但不愧是乃乃亞的妹妹，非常可愛……

「啊啊，哈哈……」

然而從光瑠的角度來看，老實說玲亞是他非常不擅長應付的類型。光瑠明顯露出苦笑含糊回應，玲亞卻完全不在意。

「那我就這麼稱呼哦？光瑠先生，謝謝您救了我！」

「不，實際上我什麼都沒做……」

「沒那種事！剛才繼續那樣的話，我不知道究竟會變得怎樣……」

玲亞按著嘴角稍微看向下方，讓眼眶變得溼潤。雖然是非常激發保護慾的舉止，光瑠的反應卻很遲鈍。

「總之，沒發生任何事就好了……不對，說沒發生任何事很失禮吧。」

「嘻嘻，光瑠先生人真好。不過，我比較擔心光瑠先生……您的肚子沒事嗎？」

「嗯，沒事。」

聽到這段對話，政近露出犀利視線詢問。

「被打了嗎？還是被踢？」

「算是被打吧。」

「是誰？」

「沒有啦……已經倒在那裡了。」

沿著光瑠的視線看去，是一名仰躺昏迷的男性。

「這樣啊……」

政近以冰冷的聲音這麼說，同時慢慢走向男性。受到危機感驅使的光瑠用力抓住他的手腕。

「等等——你要做什麼？」

「在這裡等我。我去叫醒他一下，讓他對你磕頭道歉。」

「不不不，現在這樣已經很夠了。畢竟他流了好多鼻血……應該說他的門牙是不是斷了？」

「剛才那是正當防衛，所以不算吧？」

「不，真的已經很夠了！」

再度被光瑠用力阻止，政近看著倒地的男性哼了一聲，轉身看向光瑠。

「那麼為求謹慎，去保健室一趟吧。」

「咦？不，我沒事的。」

「不行。要是骨頭或內臟受傷很危險吧？」

「就是說啊！我也會陪著您，所以一起去吧？」

就某方面來說希望妳別這麼做……光瑠露出這樣的表情，但是說來不巧，政近不想浪費時間。想到像是不良少年的這種傢伙並非只有這幾個，就不能一直待在這裡。

「那麼，玲亞小妹？可以交給妳嗎？」

「咦，等等——」

「好的！我們走吧，烈音你也要一起去喔。」

「我又沒有……」

看到烈音板起臉，乃乃亞平淡開口：

「不行，你嘴裡受傷了吧？」

「慢著，所以說別把我當成小孩子啦，姊姊！」

「嗯？我不是把你當成小孩子，而是當成弟弟喔。」

「那是怎樣？」

乃乃亞想摸弟弟腫起來的臉頰，手卻被撥掉。政近靠過來在乃乃亞耳際低語。

「（等到光瑠治療完畢就回去舞台吧。還有，那些傢伙可以交給妳的好朋友們處理嗎？）」

「（收到～～）」

有氣無力的草率回應。這句話只在這時候非常可靠。

「（拜託了。）」

政近懷著謝意說完之後，為了履行和艾莉莎的約定而開始行動。

◇

在這個時候，一年D班與F班經營的女僕咖啡廳，又出現另一群不良集團。

「呀啊！」

「喂喂喂，居然叫得這麼好聽。大小姐連尖叫都要優雅嗎？」

「請……請不要這樣……」

「摸個屁股有什麼關係呢？給一點特別服務吧，女僕小姐？」

他們的舉止就像是把這裡誤認為酒店。但是女學生們什麼都不敢說。主要原因是她們的核心人物沙也加與乃乃亞為了演唱會而不在這裡。雖然這麼說，不過征嶺學園招收的對象以富裕階級為主，學生們大多和暴力無緣，都是從小就在細心呵護中長大，不曾接觸過像這群人這樣隱約透露粗暴氣息……應該說反倒是積極誇示暴力的人種。

「嘿嘿，哎呀～～原本以為參加有錢人學校的校慶會很無聊，但是比想像的還要享受耶。」

「是啊。不過真正的大小姐果然不一樣。和我那邊的髒女人們差太多了。」

「權田先生！謝謝您邀請我們！」

「嗯。要好好感謝我哦？」

一名特別魁梧的細眉男子從容一笑。同伴叫他「權田」，是這個集團的老大。

其實他自己和征嶺學園毫無瓜葛。不良少年的他就讀的是以車站來說相隔八站，在當地以粗暴聞名的公立高中。對於征嶺學園，他只有「好像是聰明有錢人念的學校」這種程度的知識。這樣的他為什麼帶著同伴來到秋嶺祭？原因在於兩週前寄給他，寄件人不明的一封信。

信封裡裝著十張招待券以及一張信紙。內容包括「請把秋嶺祭鬧得天翻地覆」這個委託、哪個時間可以不被警衛攔住順利入場、鬧事之後的逃走路線、報酬的支付方法等等，詳細的方法與報酬都寫在信上。剛開始半信半疑的權田，調查過信裡所說放了訂金的車站置物櫃，實際確認裡面有現金之後，確信這封信是真的。

「真的可以讓您請客嗎？」

「是啊，之前收到一小筆外快。」

「不愧是權田先生！出手真大方！」

只不過，他不打算傻傻依照指示大鬧一場。雖然信裡說明做任何事都不會有罪，但他沒有笨到全盤相信。所以權田完全不打算做出驚動警察的行徑，頂多就是拿這筆訂金玩個痛快，如果因而獲得報酬就賺到了……大概是這種心態。

（但是……比想像的還不賴。）

在周圍戰戰兢兢窺視這裡，看起來就很有教養的少女們。不帶粉味的美麗肌膚，應該從來沒染過的美麗黑髮。即使同樣是女高中生，和自己學校的女高中生也是完全不同的生物。對於別說念私立高中，甚至沒錢上補習班的權田他們來說，彼此生活的世界肯定從根本上就不一樣吧。

原本應該連對等交談都辦不到的千金小姐們，如今在觀察他們的臉色。這對於權田來說實在是一件愉快的事。比起在學校讓學弟妹服從又不太一樣，統治慾隨著壓倒性的全能感得到滿足。

「等一下！你們想在這裡待多久啊？」

不過，這時候出現潑冷水的人了。仔細一看，不同於其他學生，不只染髮也有化妝的一名女學生扠腰瞪向這裡。雖然權田等人無從得知，但她是乃乃亞的跟班之一。不准在我們女王不在的時候繼續胡作非為。如此心想的她拚命朝著雙腳與眼睛使力，高聲這麼說：

「看來你們一直在對我家的女孩子們性騷擾。錢就不收了，快點給我離開！」

「啊啊？」

聽到女學生厲聲這麼說，一名男子氣沖沖起身。不過……

「喂。」

權田狠狠瞪了一眼讓這名男子坐下，然後露出假惺惺的笑容重新面向女學生。

「抱歉啦，他不太禮貌。在我們那裡，摸個屁股不算是性騷擾。我們會好好點餐，所以可以放過我們嗎？」

出乎意料的客氣要求，使得女學生像是氣勢一開始就受挫般眨了眨眼。但她立刻皺眉回絕這個要求。

「不必解釋。你們繼續待這裡會造成困擾。總之給我離開吧。」

「喂喂喂，我不是說會付錢嗎？而且我們在這裡有造成誰的困擾嗎？對吧？」

即使權田說完環視周圍，其他客人也早就全部離開。原因就在權田他們身上，這是明若觀火的事實。

「因為你們的關係，害得其他客人進不來啦！」

「這真是不得了。喂，她要我們連同那些人的錢一起算耶。」

「真拿她沒辦法。那我要可樂！」

「啊，我要啤酒。」

「你這笨蛋，菜單上沒這種東西吧？」

同伴們捧腹大聲傻笑。在這之後，權田也對於女學生的要求左閃右躲……在女學生快要氣餒的時候，教室的門「砰」的一聲開啟了。

「到此為止！」

說著像是特攝英雄般的台詞入內的，是留著一頭耀眼蜂蜜色縱捲髮的男裝麗人。

「「「堇學姊！」」」

今天也充滿寶塚感的這份英姿使得女僕們欣喜，在權田等人吃驚愣住的狀況下，堇威風凜凜俯視權田等人，挺胸這麼說：

「坐下來談不會解決任何事。這時候就冷靜地行使暴力吧！」

「冷靜地行使暴力……」

和大小姐般的容貌截然不同的粗暴發言，使得權田等人目瞪口呆。但是董絲毫不在意他們的反應，將出鞘的模造刀舉到面前，優雅露出猙獰的笑容這麼說：

「就是鎮☆壓喔。」

以這句話為暗號，五名風紀委員衝入教室。

「等，等一下——我們並沒有亂來咕啊！」

「這，這跟說好的不一樣咳哈！」

「用武器太卑鄙了嗚噗！」

權田他們不被允許反駁與反抗就慘遭修理，只經過不到一分鐘的時間。

◇

「九条學姊！又有學生通知發生狀況！」

「場所呢？」

「那個，體育館附近……好像是三名男性在強行搭訕兩名女學生。」

「既然這樣，和剛才的通知是同一個事件。委員長，請警衛過去處理吧。」

「咦？不好意思，這個事件看來已經解決了。好像是湊巧在場的訪客逮捕了引發騷

動的人……」

「訪客？那個人有受傷嗎？」

「好像沒有。雖然沒聽到詳細的說明，不過檢視入場券之後，猜測可能是更科學姊的家人……」

「啊啊，茅咲的……」

在大會議室設置的執行委員會總部，瑪利亞和執行委員長與副委員長一起努力掌握並且收拾事態。接連收到和麻煩訪客發生糾紛或暴力事件的報告，完全沒預料到這種事態的執行委員們完全慌了手腳。即使如此還是勉強能夠出動處理，無疑是多虧這三人冷靜下達指示。

「委員長！體育館好像有男性上台搗亂！」

「冷靜下來，體育館肯定有幾位老師在場。不提這個，校門還沒封閉嗎？校內廣播準備好了嗎？」

「現在好像已經封閉了！井上正在校門那裡向訪客說明。」

「好，那麼——」

「打擾了！」

在這個時候，統也與茅咲開門進入大會議室。意外人物的登場，使得驚訝與安心的心情同時在現場眾人之間擴散。

「統也……來光會的貴賓們怎麼了？」

「我請他們把帶到校外的護衛叫進來，一起在學生會室等候。因為在這種狀況根本沒辦法帶他們參觀。」

「這樣啊……」

聽到統也這麼說，委員長露出有點掛心的樣子點點頭，重新進行指示。

「知道了。統也，麻煩過來幫忙。更科的話……」

「我知道。把鬧事的傢伙們全部揍扁就行吧？」

目光如炬的茅咲充滿鬥氣與殺氣，委員長臉頰僵硬。

「下手別太重哦？還有，千萬別殃及無關的人。目前也正在確認監視器影像，入侵者手上的招待券紙質好像和真正的不一樣，所以發現可疑人物時先從這部分——」

「收到。不過，可能無法保證下手不會太重。把我們嘔心瀝血打造的校慶毀得亂七八糟……我絕對不會放過他們。」

茅咲隱含火熱沸騰般的怒氣這麼說完，不等委員長開口就衝出大會議室。以可靠與擔心（可能下手太重）參半的心情目送她的背影時，一名戴眼鏡的男生突然起身。

「我也去現場吧。」

「加地？」

「既然劍崎同學也來了，我想找老師們討論一下警備狀況。」

聽到他這麼說，委員長心想「讓他和統也一起工作也挺尷尬的」點了點頭。

「我知道了。」

「好的，那麼……」

「委員長！一年D班那邊好像解決了！」

「喔喔，我知道了。」

即使突然同時發生許多狀況，但是在執行委員會以及風紀委員會的迅速處理之下，事件正確實步入尾聲。

◇

「看來是亂寫的。」

在走廊喊著「你們害我的人生全部搞砸了」或是「我的公司被你們毀了」這種莫名其妙的話語暴動的中年男子被有希鎮壓之後，有希看著他帶來的招待券低語。

招待者的姓名也和招待對象的姓名一起寫在上面，但是有希對這個招待者的名字沒有印象。換句話說是學生名冊沒記載的虛構學生姓名。

「用這種招待券，肯定進不了學校才對……」

招待者欄位的姓名由風紀委員在校門口檢查。如果使用虛構的學生姓名，在這個時間點肯定會被拒絕入場。

「小妹妹，要把這個男的帶去哪裡？」

「啊啊，不好意思。請帶到風紀委員會室……您知道在哪裡嗎？」

「沒問題。因為我也是這裡的畢業生。」

「既然這樣，可以麻煩您嗎？」

「啊啊，我知道了。」

將男子交給身邊的大人押送之後，有希轉身看向綾乃聳肩。

「看來除了有人散布偽造的招待券，也有人在內部協助外人入侵。不過犯人也可能是同一人……」

「是這樣嗎？」

「……總之先把武器收起來。畢竟不太方便被別人看到。」

「啊……恕在下失禮了。」

被有希這麼一說，綾乃將剛才壓制男子時所使用，疑似自動鉛筆的物體收進袖子。

然後她忽然輕聲呢喃。

「……學生會室。」

「嗯？」

「如果是政近大人，應該會前往學生會室。」

聽到綾乃這段話，有希皺眉思考數秒……

「……原來如此。目標是來光會啊。」

有希自言自語之後，帶著綾乃前往學生會室。

◇

鏡頭轉到學生會室。以校友身分造訪的母校，發生了波及整間學校的大規模騷動。如果是社會人士想必無法避免追究管理監督者責任的這個不祥事件，聚集在這裡的來光會眾人想必會露出不悅的神情……實際上卻沒有。

「好啦……他們現在打算怎麼收拾呢？」

「不提這個，引發這場騷動的人是誰？我認為是衝著現任學生會……或者是前任會長與副會長而來。」

不對，他們不只沒生氣，反倒還很享受這場騷動。俯視正在發生騷動的操場時，他們的眼睛比起擔心更充滿好奇的神色。看起來完全是作壁上觀的態度。

當然，如果真的演變成接連有人受傷的騷動，他們不惜動員這裡的護衛也要收拾事態。不過現階段依然是靜觀學弟妹們如何處理的態度。因為對於他們來說，在選戰發生這種程度的騷動一點都不稀奇。

「由前任學生會長擔任執行委員長，現任學生會主導的秋嶺祭。企圖推翻現任學生會的人鎖定這時候下手，在我們的世代是定例。」

「反倒該說昔日必須讓這場秋嶺祭順利克服難關，才能獲得進入來光會的資格……這也是時代的變遷嗎？」

「話說回來還真是丟臉……啊，恕我失禮，我並不是在侮辱周防先生的孫女。」

「沒關係。事實上我孫女確實沒能防止這個事態。」

在他們還是學生時，教師的體罰真的可說是普遍存在於全國學校的那時候，對於就讀征嶺學園的學生來說，學校是絕佳的社交場所，選戰是公認由學生們各自代表自家進行的派系鬥爭。

原本單純是有力畢業生組織的來光會，為了讓權力更為集中化並且精銳化，大約在七十年前將選舉制度導入學校。在這之後，學校的學生運用權力、財力，有時候甚至動用暴力爭奪僅有的兩席。而且在任何手段都可行的合法選戰中，即使有人受傷或退學也不稀奇。

不過正因如此，所以學生會長與副會長的寶座非常特別。在派系鬥爭獲勝坐上這個寶座，意義等同於是這個世代的統治者。而且集結這些統治者們的組織正是現在的來光會。說來不誇張，他們擁有左右日本的力量。只要使用他們的人脈，可以說在日本國內幾乎沒有做不到的事。正因如此……所以現今世代的選戰，看在他們的眼中只覺得無聊透頂。

社群平台的發展、組織法規的強化。在這種時代的洪流推動之下，以往蠻橫不講理的選戰逐漸收斂……討論會或是學生會幹部致詞這種無情的淘汰制度保持下來，但是實際狀態等同於學生之間的人氣投票。在現今時代的這種選戰當選的學生會長與副會長，來光會的成員不只是不予尊重，甚至在內心不承認他們同樣是來光會的一分子。

「不過，今年好像有個稍微有趣的學生？說什麼在當選之後會吸收敵對參選人進入學生會之類的。」

為了驅除有點變得尷尬的氣氛，一名男子出聲這麼說，引得嚴清眉頭一顫。但是這個反應沒特別被發現，其他男子深感興趣般回應。

「喔，敵對參選人也一起？嗯，挺有趣的……看來這個學生知道選戰的本質。」

他們說的選戰本質，換言之就是建立人脈。建立將來派得上用場的人脈形成派系，當選之後將幹部職位賜給派系成員，藉以統治學校的學生，統治相同世代的人。這就是他們心目中的選戰。

「這麼一來，下屆選戰看來可以期待一下……畢竟也有學生很有骨氣，敢引發這種騷動。」

「呵呵呵，現狀似乎依照某人的計畫進展……那麼，結果將會如何呢？」

在數十年前還有可能，在這個時代引發這種騷動絕對不可能全身而退。不過，有唯一一個可以輕易全身而退的方法。

正因為知道這個方法，所以他們在等待。等待學生會室下次開門的那一瞬間。

◇

「喔……」

「哎呀。」

政近來到學生會室前方的走廊時，看見有希與綾乃剛好在對向現身，在瞬間停下腳步。不過她們兩人就這麼接近過來，所以政近也默默前進。

敵對參選人在學生會室前方對峙。

「……」

政近與有希默默以視線交會數秒之後，幾乎同時看向站在學生會室門口兩側像是護衛的兩名男性。

「打擾了，我是學生會的總務久世政近。依照劍崎會長的指示，前來探視來光會的各位。」

「同上，我是學生會的公關周防有希。」

「在下是學生會的總務君嶋綾乃。」

三人一起報上姓名出示學生證之後，政近代表發問。

「請問有人在我們之前來到這裡嗎？我認為只要各位護衛在場應該很安全，但是不能被歹徒得知來光會各位所在的場所。」

對於政近這個問題，兩名護衛瞬間視線交會之後簡短回答。

「不，沒人來。」

「……這樣啊，謝謝。」

聽到這句話，政近與有希內心鬆了口氣，心想幸好趕上了。

「好啦，政近同學，要怎麼做？」

「……」

在距離學生會室的不遠處，有希詢問政近。然後她看向哥哥的眼睛，稍微苦笑。

「那麼，我們各自監視剛才走過來的方向吧。無論哪邊遇到狀況都不能抱怨。」

「啊啊。」

政近微微點頭之後轉過身去。有希也同樣轉過身去，和綾乃沿著原路往回走。政近以背部感覺兩人離開的氣息，在走廊角落轉彎之後背靠牆壁。

就這樣等待了數分鐘，走廊另一頭出現人影。政近站在走廊正中央，露出微笑迎接對方。

「喲，桐生院。你來到這種地方有什麼事？」

「……嗨，久世。我才要問，你在這種地方做什麼？」

面對政近皮笑肉不笑的表情……雄翔也以淺淺冷笑回答。

◇

「……原來是你嗎？」

另一方面，和政近走反方向離開的有希面前，也出現一名男學生。

這名學生在轉角平台仰望在階梯前方守株待兔的有希，眼鏡後方的眼睛稍微瞇細。
「我深感遺憾，會長。」
聽到這個稱呼，男學生輕聲苦笑。
「我已經不是會長了喔……周防學妹。」
「說得也是……加地風紀委員長。」
征嶺學園國中部第六十七屆學生會長與第六十八屆學生會長，隔著階梯相視。

第8話 既然無法折服就只能折斷了吧

加地泰貴。他是知名家電製造商的社長兒子，曾在三年前的國中部學生會擔任會長。對於沙也加與乃乃亞、雄翔與董、有希與政近來說，是在當年尊為會長，一起經營學生會的交情。要不是在選戰敗給統也，有希現在應該會再度稱他「會長」吧。

「加地學長。故意製造警備漏洞，邀請入侵者進來學校的就是你吧？」

對於有希的問題，泰貴默默看向下方。對於有希來說光是這樣就夠了。

「為什麼要做這種事？」

「……為什麼？周防學妹，妳不是也猜到原因了嗎？」

聽到泰貴反問，有希面不改色回答：

「因為霧香學姊嗎？」

「……嗯，沒錯……為了她，為了能夠重新得到霧香……我無論如何都必須進入來光會不可！」

泰貴任憑翻騰情感的驅使，以稍微走音的聲音大喊。

淺間霧香在昔日選戰是泰貴的搭檔。兩人的關係不只如此。泰貴與霧香是這個時代少見的未婚夫妻。雖然雙方家長是為了商業合作而訂下婚約，但是兩人相處融洽，尤其泰貴是真心喜歡霧香。然而泰貴在選戰敗給統也……進入來光會的機會消失，所以在淺間家的要求之下解除兩人的婚約。

「說什麼不需要敗給平民的女婿……我就這樣被切割了！這樣下去，霧香會嫁進別的名門……為了阻止這種事，我必須想辦法從現在開始獲得來光會的賞識！」

缺乏自制力，情緒不穩的聲音。在眼鏡後方收縮的瞳孔。這副模樣和有希昔日認識的泰貴相差甚遠。

「沒錯……從一開始就很奇怪。為了和喜歡的女生交往而立志成為學生會長？開什麼玩笑，也不想想我到底對霧香多麼……可是，你們每個人卻全都投票給那種平民……這是錯的，這肯定是錯的……明明絕對是我比較適任……」

泰貴咬著指甲一直輕聲嘀咕，有希稍微露出同情的表情，靜靜詢問。

「你被誰灌輸了什麼觀念？」

聽到有希這麼問，泰貴頓時停止動作，緩緩抬起視線。有希筆直看著他的眼睛，編織真摯的話語。

「我認識的你，不是想法這麼傲慢又自我中心的人。我再問一次。你被誰灌輸了什麼觀念？」

學妹的這雙視線很想相信尊敬的學長……但是泰貴露出陰沉的笑容嗤之以鼻。

「妳又知道我的什麼事了？」

不准說得好像什麼都知道。泰貴以這種語氣訓斥有希。對此，有希瞇細雙眼開口：

「煩死了。」

「……啊？」

被稱為淑女典範的周防家千金，說出只令人以為聽錯的粗魯話語，泰貴目瞪口呆。但這當然不是他聽錯。

「竟然問『妳又知道我的什麼事了』？我哪知道！我對你又沒那麼感興趣！明明是因為自己實力不夠才輸掉，不要只因為解除婚約就闇墮啦呆子！給我向全世界被冠上莫須有罪名撕毀婚約之後驅逐到國外的反派千金們道歉！」

「！？」

泰貴陷入這幾年最強烈的恐慌。有希脫下淑女面具之後破口大罵，又以莫名其妙的理由要求道歉，害得大腦的處理速度有點趕不上。不過有希毫不在意這種事繼續火力全開。

「聽好哦？男人只限於已經和女主角感情很好的場合才可以闇墮！女主角必須願意

陪同這個黑暗面走下去，闇墮才首度有機會成為戀愛關係更進一步的事件！單身狀態的闇墮在戀愛裡是連狗屎都不如的自怨自艾所以請別這樣好嗎～～？應該說要是維持現在這樣，我只看見你在將來會成為死纏著前女友的跟蹤狂耶？」

「呃，我……我不會成為什麼跟蹤狂！」

「那就去給我正面出擊啊！被父母強行拆開的情侶，依照選項會成為最熱血的情境吧！男子氣概就是在這種時候受到考驗吧！不准把熱情用在錯誤的方向啊啊啊！」

有希用盡力氣的吶喊，使得泰貴暫時變得一片蒼白。變得蒼白，蒼白………等到復原的時候，剛才情緒不穩的模樣完全消失，意氣也順帶變得完全消沉，就這麼無力詢問有希。

「我……該怎麼做？」

對於這個問題，有希筆直指向泰貴背後。

「首先！給我去霧香學姊那裡磕頭道歉。坦承自己一切的所作所為，然後說『我不惜做出這種事也不想放棄妳』。去吧，我剛才先請霧香學姊去校舍後面等了。」

有希說完豎起拇指指向側邊，其實一直在該處的綾乃靜靜向前一步，舉起有希的手機。真的沒察覺綾乃存在的泰貴，看見綾乃像是突然出現之後嚇得肩膀一顫，然後有如擺脫心魔般輕聲一笑。

「哈哈，說得也是……應該再和她好好談談才對……」

泰貴自言自語之後，露出有希熟悉的冷靜表情，靜靜低下頭。

「謝謝妳，周防學妹。我會重新和霧香談談。」

「好。啊，老實說我心裡有底所以直接問吧，幕後黑手是桐生院雄翔對嗎？」

「啊啊，嗯……他的目標是把秋嶺祭鬧得天翻地覆，讓現任學生會的權威掃地，好像也順便想讓董同學解決這場風波，提升他們的地位。似乎是包括不良集團、對這所學校相關人士懷恨在心的人，甚至是雜誌記者還有闖禍型的網紅……總之會惹出麻煩事的人都被拉攏參與這項計畫，但是我不知道詳情。到頭來對他來說，連我都是其中一枚棄子吧……」

「原來如此。那麼這場騷動應該已經落幕了。自詡是幕後黑手的那位王子（笑），政近同學應該會幫忙解決。」

有希隨口酸了雄翔，泰貴露出苦笑。

「妳這麼信賴久世學弟啊。」

「當然。因為他是最強的。」

有希扠腰得意挺胸。看見這個反應的泰貴逐漸加深苦笑，像是自嘲般搖了搖頭。

「啊啊，原來如此嗎……哈哈，我一直以為你們兩人因為某些原因鬧翻了……真是的，原來我只是自以為知道，其實很多事情都不知道。」

泰貴輕聲說完抬頭瞥向有希，然後就這麼下樓離開。等到腳步聲遠離到再也聽不到之後，有希放鬆肩膀。

「唉～～放不下初戀的學長真～～的好麻煩。不過，想到這樣可以讓加地學長欠我一次人情也不錯。」

「是的。當過國中部學生會長，現任風紀委員長的加地學長如果能提供助力，想必在選戰也是有利的要素。話說回來，剛才的說服真是漂亮。在下不禁深感佩服。」

「啊啊～～總之不知該說是說服還是駁倒……哎，多虧他本性善良幫了大忙。」

綾乃投以敬愛的目光，有希輕輕揮手這麼說，將視線投向哥哥所在的方向。

「另一邊應該不會這麼輕易搞定吧……」

◇

在「另一邊」的政近與雄翔之間，正在進行笑裡藏刀針鋒相對的對話。

「再往前的場所有ＶＩＰ來訪。會長與副會長以外的學生禁止進入哦？」

「你也一樣吧？就算是學生會幹部肯定也不例外。」

「啊啊，說得也是。所以要不要在這裡和我一起向右轉離開？」

政近與雄翔相互露出僅止於表面的膚淺笑容，以膚淺的話語交談。即使察覺到對方的真正意圖，兩人到目前為止也像是遵守既定美學般以話語試探彼此……

「很可惜，我做不到。」

但是在雄翔堅定表示拒絕之後，政近也不再以笑容偽裝。他擺出嚴肅表情，抬起下巴投以鄙視的視線。

「喔，也就是你不想隱瞞了。」

「這是在說什麼？」

「無論再怎麼恣意妄為，只要那裡的大人們說『原諒』就不會過問。你是這麼認為的吧？真是膚淺。即使來光會原諒這次的暴行，你以為學校會照做嗎？」

政近如此挑釁，但是雄翔不改笑容。

「我不知道你在說什麼……不過膚淺的是你喔。你以為這所學校膽敢違抗來光會的意向嗎？」

「這次的事件完全會驚動警方。如果沒有好好視為問題處理，世間不會原諒。」

「這可不好說吧？這所學校算是一種治外法權……而且假設真的成為問題，必須負責的不就是主辦秋嶺祭的現任學生會，還有前任會長與副會長嗎？」

「是啊，還有引發這種騷動的犯人。」

「說得也是。希望可以揪出犯人哦？」

看見雄翔露出假惺惺的笑容，政近在內心咂嘴。大概是提防錄音，避免對話內容成為呈堂證供吧。看他老神在在的樣子，肯定沒留下任何和他有關的證據。實際上政近也沒掌握到本次騷動是由雄翔策劃的證據。

（哎，假設找到證據……以來光會的能耐應該也能抹滅吧。實際上，只要標榜想要打贏選戰的名義，感覺任何事都可能既往不咎。）

而且只要回憶兒時聽外祖父嚴清說過許多次的選戰話題，來光會恐怕會原諒。正因為知道這一點，所以雄翔也想前來當面求得原諒吧。

「為什麼要做這種事……我這麼問應該很愚蠢吧。正常舉辦人氣投票的話沒勝算，所以用陰謀讓現任學生會的權威掃地……很像是你會想到的點子。」

「就說了，我聽不懂你在說什麼。」

雄翔始終佯裝不知情，在這時候稍微改變笑容的類型。

「不過，我想想……如果始終以世間的論點來說，無論陰謀還是陽謀，能用的計謀都要用，這不就是選戰嗎？難道說，世間的權力鬥爭都以和平又乾淨的方法進行？」

雄翔以野心畢露的笑容嘲弄。

「金錢、權力與暴力……只要是大人在用的東西，我都會用來爭取勝利。擁有這種能力、意志與決心的人才適合來光會。做不到這種事的天真傢伙不該進入來光會。」

「真是了不起的意見。後續就等你抵達學生會室，向來光會的大人物們說吧。」

「說得也是。所以……請你讓路吧？」

雄翔再度露出遊刃有餘的笑容，從制服內袋取出某個物品。握在雄翔右手，只在電視上看過的那個東西，使得政近揚起單邊眉毛。

「喂喂喂，居然把電擊槍帶進學校……大企業的少爺必須這麼注意防身嗎？」

「平常不會隨身攜帶。不過今天有許多校外人士來到這裡……所以要以防萬一。實際上也發生了這種事情對吧？」

「一點都沒錯，真的好巧。」

看到政近平淡說完聳肩，雄翔瞇細雙眼。然後他將電擊槍伸向前方，以收起笑容的冷漠聲音告知。

「可以讓我過去嗎？剛才也說過，我在必要的時候不會猶豫動用暴力哦？」

「那太好了。因為我也不打算猶豫。」

政近一派從容如此斷言之後，散發的氣息也變了。他以犀利視線貫穿雄翔雙眼，不過始終以平靜的語氣慢慢發問：

「學生會的大家拚命打造的校慶……」

因為人手不足而哀號，各組參選人只在這次放下敵對關係，學生會團結一致攜手努力的那些時光。

「毅與光瑠即使受傷也要想辦法成功舉辦的演唱會……」

即使因為樂團瓦解的事件受傷，依然拿起樂器想要前進，最重要的兩名好友。

「艾莉她……面對自己的軟弱之後鼓起的勇氣……」

不會對任何人露出軟弱模樣的艾莉莎，在後台只讓政近看見的那份軟弱。

「將這一切全部搞砸的你……以為我會善罷甘休嗎？」

對於政近雖然平靜卻清楚感覺得到暗藏激烈怒火的這個問題，雄翔嚥了一口口水，感覺到握著電擊槍的手隱約冒汗，踏出左腳側身擺出架式。

隔著約五公尺的距離對峙的兩人之間，緊張感迅速高漲——

「話說回來，大奶以及巨乳，你喜歡哪一種？」

「……啥？」

不看場合也要有個限度的奇怪問題。這個問題令雄翔不禁愣住的瞬間，政近抓準意識的空檔開始行動。

政近在孩提時代學習空手道，在國中部上過劍道課，在高中部學習柔道。他在空手道拿到黑帶，在劍道與柔道也靠著天生的成長速度，擁有將近三段左右的功力。然而這些部分暫且不提。

政近這時候使用的是──「大家最喜歡的縮地」。師父是二次元，教材是漫畫。

「！」

直到右手腕被抓住，雄翔才終於察覺政近接近而睜大雙眼。然而手腕在下一瞬間傳來刺痛，同時胸口被抓住，腳被掃倒。

視野劇烈旋轉，背部「咚」一聲受到衝擊。呼吸停止，覺得眼前瞬間空白的時候，雄翔已經被翻過來趴在地上，右手被反鎖到背後。

「咕，啊啊！」

左肩被膝蓋壓住，右手被反鎖，所以完全起不來。雄翔勉強轉頭瞪向上方，政近從他手中拿走電擊槍，平淡向他開口。

「金錢、權力與暴力……都會用來爭取勝利。剛才是這麼說的嗎？所以呢？所謂的動用暴力就是這麼回事，你接下來打算怎麼做？」

政近以冰冷眼神看向雄翔雙眼，雄翔即使痛到皺眉，依然露出無懼一切的笑容。

「我才要問，你接下來打算怎麼做？讓我受傷之後，你以為可以全身而退嗎？在這之前，要是這個狀況被別人看見──」

「要不要試試看？但我覺得比起被別人看見，我折斷的速度比較快。我說過吧？我動用暴力不打算猶豫。」

政近說完之後，慢慢抓住雄翔的右手食指，朝著和關節相反的方向使力。

「好痛！」

政近不經意聽著雄翔輕聲呻吟，不帶情感說下去：

「在你承認全都是自己幹的好事之前，我會逐一折斷你的手指。右手之後換左手。到時候你大概再也無法好好彈鋼琴吧。啊啊，你放心，只要你一承認，我就會帶你去來光會的面前，介紹你是使用陰謀卻依然一敗塗地的淒慘敗犬。」

政近說完朝著雄翔的食指用力，此時雄翔臉上第一次完全失去從容神情。

「住……住手！做出這種事，你以為不會被問罪嗎？」

「應該不會吧？選戰百無禁忌，你剛才不是也這麼認同嗎？哎，反正即使被問罪，我也完全不在乎就是了。」

「什……什麼？」

雄翔發出疑問，政近看著他的眼睛，露出刻薄的笑容。

「如果我和你一起退出，之後只要讓有希與艾莉聯手就肯定可以當選。到時候艾莉可以成為學生會長所以很快樂，有希也可以進入來光會所以很快樂，我成功協助艾莉成為學生會長，又不用背叛有希所以超快樂。天啊，這是最棒的快樂結局喔。」

「唔，這……！你難道從一開始就是這麼打算——」

雄翔睜大雙眼，政近以無言的笑容回答，將左腳完全壓在雄翔背部，像是阻止他大喊般壓迫肺部。

「所以我和你不一樣，不會失去任何東西。那麼，要承認就趁早承認吧～～？」

「嗚，住手，住手啊啊啊！」

雄翔拚命擠出聲音掙扎，政近不以為意，朝著雙手使力——

「……總之，雖然以暴力解決也行，但是我這個人和你不一樣，會盡量遵守規則……所以給你選項吧。」

「什……麼……？」

政近俯視大口喘氣的雄翔告知。

「選吧。就這麼被我折斷骨頭？還是一起以參選人的身分，依照規則在討論會一決勝負？」

「討論……會……？」

「如果我贏了，你就在全校學生面前坦承說出你在本次騷動的所作所為。反過來說如果你贏了，我就完全不會追查你的嫌疑。」

聽到政近單方面提出的條件，雄翔挖苦般揚起嘴角。
「這個不公平的交易是怎樣？彼此的賭注不平等——」
「這樣啊，那我就說到這裡了。」
「呃，住手……何況！就算要對決，這種口頭約定要怎麼履行？」
「這很簡單。請董學姊見證就好。」
「唔！這……」
政近這句話使得雄翔明顯慌了。看到這個反應，政近確定董對於雄翔的企圖一無所知，同時重新認知到這是雄翔的弱點，一口氣乘勝追擊。
「放心吧。在分出勝負之前，比賽的原因不會透露給董學姊。反過來說，如果你想對董學姊隱瞞自己的所作所為，唯一的方法就是贏我……哎，既然開出這種條件，至少比賽的內容就設定成對你有利吧。」
「……什麼意思？」
政近將臉湊向皺眉的雄翔，在嘲笑的同時低語。
「我的意思是說，就用你最擅長的鋼琴來比賽吧，準優勝小弟？」
這一瞬間，雄翔眼睛猛然睜大，扭曲的嘴唇露出牙齒。
「果然是……！周防……！」

盡顯對抗心態投過來的這雙視線，對於政近來說似曾相識。回想起以前每次比賽或是發表會都投以相同視線的少年面容，政近傲慢嗤笑。

「啊啊，果然是那時候的那傢伙嗎？抱歉啦，以前完全沒把你放在眼裡，所以聽乃乃亞說明之前都沒察覺。」

「你……！」

「好啦，你要怎麼做？話說在前面，我已經五年多沒碰鋼琴，這場比賽對你來說有利得不得了。哎，就算這樣，我也不覺得會輸給準優勝小弟就是了。」

政近明顯是在挑釁，但是雄翔看起來甚至無法假裝冷靜，語氣變得粗暴。

「不准看扁我……我做給你看……！這次，我一定要贏你……！」

◇

「政近沒回來耶。」

在操場的舞台後方，毅露出有點擔心的表情仰望校舍。

鞭炮騷動結束約四十分鐘後。多虧艾莉莎的呼籲以及營運成員的奮鬥，回復平靜的操場再度進行舞台企畫。同時校內廣播也告知入侵的可疑人物已全部逮捕，閉幕時間延後三十分鐘，所以再也沒有後顧之憂……應該是這樣才對，但政近不知為何沒出現。

「哎，即使可疑人物全部逮捕，應該也有善後工作要做……大概是還在忙吧？」

聽到光瑠說的這個猜測，艾莉莎表情微微一沉。她依照政近的吩咐盡力安撫觀眾，鞭炮騷動的善後工作也有幫忙。但是說穿了就是只做了這些事。

身為學生會幹部，身為政近的搭檔，是不是還有更多該做的事？自己真的可以只待在這種地方嗎？不知道是慌張還是焦急的心情使得艾莉莎感到煩悶的這時候，沙也加輕推眼鏡向她開口：

「看來妳靜不下心。既然是團長，態度請表現得再穩重一點。」

「沒錯。再冷靜一點吧，阿哩莎。」

「……乃乃亞，妳太冷靜了吧？」

沙也加吐槽身穿演唱會服裝頻頻自拍的乃乃亞。看到兩人一如往常的這副模樣，毅與光瑠也放鬆表情。

「說得也是。擔心也沒用。應該說以政近的狀況！感覺擔心只是浪費力氣！」

「哈哈，說得也是……艾莉同學，妳就相信政近吧？我們該做的是盡力完成一場最棒的演唱會。這樣可以證明我們沒有屈服於歹徒，而且我們是……『Fortitude』。」

聽到光瑠這麼說，政近的話語在艾莉莎腦中復甦。

『相信我，並且等我吧。我一定會讓演唱會順利舉行。』

政近守護了這個約定。既然這樣，艾莉莎該做的事……自然無須多說。

艾莉莎一度閉上雙眼之後張開，逐一和樂團成員視線相對。四人也各自看向艾莉莎不再迷惘的雙眼回應。

「各位，謝謝你們。」

艾莉莎這麼說的時候，口袋裡的手機震動了。在某種預感的驅使之下，艾莉莎連忙檢視畫面，顯示的是政近傳來的簡短訊息。

『加油吧』。

三個字。短短這三個字，使得艾莉莎內心變得溫熱。

【也謝謝你。】

艾莉莎輕聲說完，將嘴唇輕輕貼在手機，然後露出堅強的笑容。

「那麼，第一次的演唱會，一起打造成最棒的舞台吧！預備……喔～～！」

「喔，喔喔～～！」

「喔喔～～？」

「……喔～～」

「喔～～」

「配合一下啦！」

艾莉莎吐槽之後，四人笑了。艾莉莎也跟著發笑，終於輪到他們上場了。

『那麼「Fortitude」的各位！請上台！』

聽到工作人員的聲音，眾人重新相視點頭。五人就這麼快步跑上舞台。

第9話 我會信守承諾

（現在這個時候……那邊的氣氛應該很熱烈吧。）

在講堂的舞台側邊，政近想像操場舞台應該正在進行艾莉莎等人的演唱會。

「真是的……久世，這種亂來的要求拜託適可而止好嗎？」

「一點都沒錯。我接下來還要上台演戲耶？明明已經被那些不法之徒害得沒時間彩排了……」

「兩位，對不起。」

被表情疲憊的舞台控場人員以及看似不滿的菫這麼說，政近率直低頭。他自覺這個要求相當亂來，所以對此也只能道歉。

原本操場與體育館的舞台企畫因為發生騷動而暫時中斷，但幸好講堂沒發生騷動，所以強化教職員與警衛的監視之後繼續按照排程進行。不過在這之後，因為校慶的結束時間延後三十分鐘，所以只有講堂的舞台企畫多出三十分鐘。此時，政近硬是排入他和雄翔的討論會。

其實如果將討論會排在最後的三十分鐘，調整起來應該比較輕鬆。但是這個時段預定要在體育館進行女子劍道社的劍劇所以必須迴避，結果排程調整得非常勉強。即使如此還是好不容易實現願望，應該是因為政近身為講堂舞台企畫的控場人員之一，和其他的營運人員建立信賴關係吧。

「總之，既然和我家的雄翔有關就沒辦法了……不過鋼琴比賽是怎麼回事？雖然辯論形式以外的討論會並不是沒有前例……而且不是搭檔，是學生會長參選人與副會長參選人的比賽……」

看見雄翔掛著不悅表情站在舞台後方，董揚起單邊眉毛。她將右手放在腰間的模造刀接近數步之後，看見雄翔依然面向旁邊，「啪」的一聲以劍鍔敲響劍鞘。

「雄翔……你是從什麼時候開始對我視若無睹的？」

「……我正在集中精神。暫時別理我啦，董姊姊。」

對於雄翔愛理不理的態度，董眉頭深鎖……輕輕嘆了口氣，看向政近詢問。

「所以？既然好歹是討論會，那麼肯定有賭注，你們賭了什麼？」

討論會原本是藉由論戰堅持己見。即使比賽內容改變，勝者能提出某項要求的大前提仍然不變。不過關於這次的對決，政近無法回答這個問題。

「不好意思，董學姊。在分出勝負之前，我不能說明賭注的內容。」

「是嗎？……可是這麼一來，賭注要怎麼履行？依照討論會的慣例，必須在比賽之前公布彼此的要求，請所有觀眾當證人吧？」

「這次關於賭注這部分不公布。我與桐生院獲勝時要求對方做的事情，分別寫在這邊的兩個信封裡。請董學姊到時候打開勝利者的信封，見證賭注的履行。」

只不過，雄翔勝利時要開啟的信封是空的。董接過政近遞出的兩個信封揚起眉頭。

「……總之，我知道了。所以呢？由我擔任主持人就好嗎？」

「不，雖然是表演賽的形式，不過姑且是討論會……所以這方面要拜託學生會幹部協助。」

政近這麼說的時候，舞台旁邊深處通往外部的門剛好開啟。

「打擾了～～」

輕聲打招呼入內的是政近找來的討論會主持人——瑪利亞。

「瑪夏小姐，抱歉突然麻煩妳。」

「不會，完～～全沒關係，風波已經大致平息了，所以沒問題哦～～？」

瑪利亞一看向政近，就露出溫柔的笑容搖頭。總覺得這張笑容可以削減緊張感，政近稍微苦笑。

「妳願意這麼說就好……那麼也沒時間了，所以我立刻開始說明吧？」

「好的～～」

瑪利亞點頭回應，政近正要說明想請瑪利亞做什麼事的時候……剛才不知為何低著頭的菫猛然抬頭開口：

「太奸詐了！難得有這個機會，我也想要出個風頭！」

「……什麼？」

菫直截了當到灑脫的這個要求，使得政近僵住臉頰轉身看她。看著氣沖沖露出不滿表情的菫，總覺得心情鬆懈下來了。

「……那麼，可以拜託兩位協助嗎？」

「嗯，沒問題！」

「可以哦～～？」

菫心滿意足般挺胸，瑪利亞以軟綿綿的笑容回應。兩位學姊分別從不同方向削減氣勢，政近在加深苦笑的同時開始說明。

◇

「綾乃，妳沒陪在有希身旁真的沒問題嗎？聽說發生了什麼麻煩事……」

朝著坐在旁邊座位的綾乃輕聲詢問的人，是政近與有希的母親周防優美。優美原本只想看完女兒班上的攤位就回去，前來校門迎接的綾乃卻不知為何帶她來到講堂，令她不知所措。

「夫人，沒問題的。雖然多少發生一些狀況，但是在學生會眾人的奮鬥之下已經解決。不過有希大人暫時還在忙，所以請您在這裡稍待片刻。」

「這樣啊……不過，為什麼是在講堂？如果有時間的話，那個……」

視線游移的優美欲言又止。綾乃察覺到優美想說什麼。但是即使察覺……不，正因為察覺，所以綾乃這麼說。

「在下判斷應該帶領夫人來到這裡。」

「咦？這是什麼意思……？」

優美提出疑問的時候，管樂社演奏完畢，優美與綾乃鼓掌致意。然後學生們拿著樂器陸續退場，取而代之的是兩名外型亮麗的女學生出現在台上。

「咦？九条學姊與桐生院學姊？」

「學生會書記與副風紀委員長為什麼……？」

「呃，接下來的表演不是文藝社的朗讀劇嗎？」

雖然優美不知道，不過周圍的學生對於兩人登場發出驚訝與困惑的聲音。有人不知道發生什麼事而顯得不安，有人原本想離座又坐了回去，有人察覺到某些事而打手機連絡朋友。瑪利亞在觀眾們不安與期待交錯的視線之中開口。

「來到會場的各位，舞台企畫看得開心嗎？首先請容我從自我介紹開始，我是學生會的書記九条瑪利亞。這次因為我們校慶執行委員會的疏失，造成各位莫大的困擾與擔心了。我身為校慶執行委員會的成員以及學生會的成員，想藉著這個機會向各位謝罪。非常抱歉。」

瑪利亞以真摯的態度低頭，完全感覺不到平常軟綿綿的氣息。然後她在會場氣氛沒變得過於陰沉之前抬頭，改成稍微開朗的語氣說下去：

「然後為了表示歉意，雖然很突然，不過接下來要在這裡進行一個驚喜節目。」

瑪利亞在這時候看向身旁，堇隨即拿著麥克風向前一步。

「我是這個驚喜節目的見證人，風紀委員會的副委員長桐生院堇。這次進行的是我們征嶺學園的傳統活動。選戰參選人相互賭上尊嚴的直接對決。」

在這個階段，猜到端倪的學生們開始騷動。在驚訝與期待逐漸傳開時，堇露出強而有力的笑容宣布：

「我們要在這裡舉行特別形式的討論會！」

喧囂聲爆發變成歡呼聲。在籍學生與校友們對於出乎意料的驚喜展露驚訝與喜悅，興奮地朝著周圍來不及理解的外部訪客開始說明。不過這股氣氛也逐漸平靜下來，現場被「是誰要以什麼主題比賽」「特別形式是怎麼回事」之類的興趣填滿。

為了回答這些問題，瑪利亞開始說明。

「這次也有外部來賓在場，所以不是辯論，而是以另一種形式進行對決。比賽的是這邊的兩人！」

瑪利亞朝著舞台側邊伸手，收到這個暗號的兩名男學生出現在台上。

「學生會總務久世政近……」

「以及鋼琴社社長桐生院雄翔！」

經由瑪利亞與堇的介紹，會場再度被狂熱氣氛籠罩。

「呀啊啊啊——！王子——！」

「雄翔大人——！」

「咦，桐生院？那傢伙有參選嗎？」

「桐生院這時候上場？真的嗎？」

「原來如此，所以堇學姊才會……」

聽得到的聲音大多是針對雄翔說的。

「久世……在第一學期的討論會打倒谷山的那傢伙嗎？」

「影子副會長……咦，公主大人不上場嗎？」

「他一個人上場還真稀奇。」

一部分冷靜的人們，朝著政近投以深感興趣的視線。

「久世政近是和同樣加入學生會的會計九条艾莉莎搭檔參選。」

「桐生院雄翔則是和我搭檔參選。」

「這兩人要比賽的是……請看！」

瑪利亞伸手示意的方向，是管樂社撤收之後不知為何留在原地的平台鋼琴。鋼琴由工作人員推到舞台中央。

「沒錯，就是鋼琴。兩人輪流演奏鋼琴之後，再請會場的各位來選出誰的演奏比較好。」

這一瞬間，會場的氣氛一下子變成困惑。

「咦，鋼琴……？桐生院不就占了壓倒性的優勢嗎？」

「這是怎樣，有得比嗎？」

「話說回來，久世？那傢伙會彈鋼琴？」

「天曉得……我國一與國三和他同班，卻沒特別聽說這種事啊……？」

或許該說果不其然，出乎預料的比賽內容使得氣氛逐漸冷卻。尤其是在籍學生，幾乎已經變成「啊，原來這只是餘興節目」的冰冷視線。

由於預料到會變成這樣，所以瑪利亞與堇早早結束主持進行比賽。

「那麼事不宜遲進行比賽吧。」

「首先從桐生院雄翔的演奏開始。」

其他三人退到舞台側邊，雄翔著手準備。在這段期間，觀眾間也進行著充滿困惑的對話。

「呃，真的要用鋼琴來比賽？」

「話說，贏了之後是什麼狀況？剛才沒說明吧？」

「咦？這麼說來……」

在疑惑的低語聲交錯之下，優美愕然看著台上呢喃。

「那孩子要……彈鋼琴？」

然後，她半下意識地看向身旁的綾乃。綾乃正確猜到這雙視線隱含的疑問，平淡回答：

「不，政近大人在那一天之後，肯定再也沒有彈過鋼琴。」

聽到綾乃這麼說，優美表情蒙上陰影。綾乃刻意不看她，靜靜開口：

「在下覺得您會想要欣賞。」

「……」

優美不發一語，在內心糾葛了十幾秒。就這麼面向前方的綾乃，也清楚感受到她深深的糾葛。

「……」

在最後，優美重新在椅子上坐好。藉由氣息感受到這個動作的綾乃心想。

（話說回來……政近大人這次是為了誰而演奏呢？）

政近每次彈鋼琴都是為了某人。不是對其他多數觀眾，而是對特定某人獻上演奏。這個人曾經是優美，是有希，偶爾是綾乃……但是有希與艾莉莎都不在現場。政近肯定不知道優美與綾乃在這裡。這麼一來……

（政近大人……到底是為了誰而演奏？）

無關綾乃的疑問，錯誤的臆測在周圍學生之間擴散。

「啊啊……換句話說，這是不是那個？校慶執行委員會準備的表演賽之類。」

「原來如此。聽你這麼說才想到，我至今沒聽過桐生院同學有參選。」

「啊～～懂了。突然找周防同學與九条同學比賽不太容易，所以緊急找來可以比賽的對手充場面嗎？」

「說起來，會長參選人與副會長參選人一對一交戰也很奇怪。」

在他們自行得出結論，隱約洋溢失望感的狀況中……就像是要驅除這股氣氛，雄翔開始演奏。

◇

演唱會的熱烈程度超乎五人的預測。

或許是因為艾莉莎剛才一直在台上負責安撫騷動而增加注目度。演唱會開始的時候觀眾席坐滿，也有許多觀眾站著看。然後在兩首翻唱曲演奏完畢的現在，是形容為爆滿也不為過的空前盛況。然而其中沒有政近的身影。

（政近同學……）

這場演唱會，這個風光的舞台。艾莉莎最希望能來目睹的人不在這裡。再怎麼找都找不到。這個事實令艾莉莎內心出現一片烏雲。然而……

「艾莉同學。」

現在的自己不是孤單一人。有一群察覺艾莉莎心境並且貼心關懷的同伴。

（我沒事。）

艾莉莎以視線回應搭話的光瑠，環視觀眾，然後在邁向最高潮的時候……為了讓不在現場的政近也聽得到，她高聲這麼說。

「那麼，接下來是最後一首歌曲，敬請欣賞……《夢幻（Phantom）》。」

◇

「太美妙了！老師，我第一次遇到學得這麼快的學生！」

「他無疑是天才。將來肯定會成為代表日本的鋼琴家。」

閉嘴。不准睜眼說瞎話拍我馬屁。

「這是聽多少次都令人陶醉的演奏……不愧是鋼琴王子。」

「真的……『神童』這個詞是為雄翔而存在的。」

吵死了。不准說出這種膚淺的讚賞。

說什麼天才，說什麼神童，因為你們不知道「真物」才說得出這種話。你們應該不知道吧。甚至能令人冒出寒意的旋律。一個琴音就吞噬、震懾會場的才華。因為你們不知道才說得出這種話。甚至連想像都做不到吧。這些輕浮的讚賞，不知道把我整得多麼淒慘。

「啊，那邊的那個人，是之前電視上介紹的……」

「沒錯沒錯，在之前的比賽得到金獎的桐生院雄翔……果然很帥耶。」

「咦？可是這次的壓軸不是那傢伙吧？」

「你想想，這是因為他長得好看……電視不就是這樣嗎？順帶一提，壓軸的是得到最優秀獎的人。」

「什麼嘛～原來如此。那就不是雄翔，是準優勝吧？」（註：日文「雄翔」與「優勝」音同。）

「噗呼！」

「噗，等等，我聽到了哦～～？」

在某場發表會，我聽到同年代的傢伙們說的這段對話。這些話語血淋淋刻在我幼小的耳朵與腦中。準優勝。名不副實。只是因為長得好看才得到好評。

這是強烈的屈辱。我肺部顫抖，清楚感覺到咬緊的牙關縫隙吐出粗暴的氣息。

（開什麼玩笑……！明明是遠遠比不上這個第二名的一群垃圾！不准瞧不起我！）

雖然一時衝動想要立刻揪住這些傢伙的衣領，但是做不到。因為內心深處自覺這些話語是事實。

總是贏不了那傢伙。我每次總是第二名。真正的天才。真正的神童。周防政近。

「桐生院同學，請準備。」

被工作人員點名的我只要上台，光是這樣就會響起歡呼與掌聲。演奏完畢之後，同樣的聲音會大到幾乎填滿會場。然而……那傢伙開始演奏的瞬間，會場的氣氛會一口氣被塗改。直到數秒前都悠哉嬉鬧的觀眾，如今任何聲音都發不出來。就像是從兒童的演奏會突然被帶進職業交響樂團的會場，這種緊張感籠罩全場。

「周防同學，太美妙了！」

「謝謝。」

然而……即使展現如此精彩的演奏，那傢伙對於在舞台側邊迎接稱讚的老師，對於晚一步開始鼓掌的觀眾，對於投以畏懼視線的其他演奏者，似乎都完全不感興趣，以不把這一切放在眼裡的態度快步回到等候室。對於不甘心瞪過來的我，也是連看都不肯看我一眼。

他是眼中釘。周防政近這個人的存在，我打從心底詛咒。因為有那個傢伙，所以任何讚賞聽在我耳裡都好空虛。

知道那傢伙的人對我的讚賞，我覺得是客套話。不知道那傢伙的人對我的讚賞，我只覺得是無知之徒的妄言。

我只為了擺脫這道咒縛而不顧一切努力。每天敲琴鍵敲到指尖滲血拿不動筷子。本來應該最喜歡的鋼琴，我討厭了無數次。即使如此還是無法放棄。我只為了「直到勝過那個傢伙」這個念頭繼續彈鋼琴。

可是……那傢伙就像是在說「我對鋼琴本身沒興趣」，某天突然消失無蹤。就這麼對我施加了詛咒。在任何發表會或是比賽都完全不現身。變得茫然若失的我手中，接連不斷收到各種獎狀與獎盃。

（這是怎樣？）

至今肯定一直想要的第一名稱號，我覺得和垃圾沒有兩樣。別人對我的讚賞依然虛而不實。只有「準優勝」這三個字一直緊貼在腦中撕不掉。

（無聊……）

我努力至今是想得到這種東西嗎？我是為了這種……這種無聊的東西……才認真練琴嗎？那傢伙從一開始，從更早之前……

「那麼在最後，我想請教您將來的夢想。請問果然是想成為職業鋼琴家嗎？」

採訪者遞出麥克風，我裝出虛假的笑容回答。

「不，是要好好繼承父親的公司。因為鋼琴只是興趣。」

對鋼琴這種玩意認真何其愚蠢。周防，你說對吧？

◇

（這個詛咒……也能在今天解除。）

面對鋼琴，雄翔感覺到憤怒與喜悅這兩種相反的情感在胸口捲成漩渦。

至今依然在腦中揮之不去的那段令人厭惡的記憶與屈辱感造成的憤怒，以及長年折磨自己的這份鬱悶終於要在此時宣洩的昏暗喜悅。即使努力想要克制這份情感，雄翔對於嘴角露出的笑意也無計可施。

可以在這群觀眾面前打倒那個周防政近。證明自己是第一，解除這個咒縛……到了這個時候，自己肯定可以好好面對。包括昔日最喜歡的鋼琴，以及周圍給予的讚賞。

這麼想就覺得其他事情都無所謂了。耗費許多心力、時間與金錢之後，雄翔做好接觸來光會的準備。然而事到如今連這個都無所謂了。可以再度以鋼琴和周防政近對決。光是有這個機會就夠了。

（絲毫不造成任何疑惑，完美獲勝吧。）

為此，雄翔刻意希望和以前的演奏順序一樣由自己先攻。這是為了戰勝負責壓軸的那傢伙。而且……要選擇那傢伙最擅長的樂曲。

雄翔就這麼讓嘴角洋溢笑容，將手指放在琴鍵……開始演奏。

蕭邦《夜曲第二號 降E大調 作品9之2》。

◇

柔麗甜美的旋律響遍會場。洋溢掃興感的觀眾們意識被樂聲吸引，自然端正姿勢。

「哇～～彈得非常好耶。」

爐火純青的精彩演奏，使得舞台側邊的瑪利亞像是佩服至極般呢喃。

「是啊。」

對此，政近也輕聲同意。

「居然說『是啊』……沒問題嗎？明明是你接下來要交戰的對手……」

瑪利亞投以疑惑表情，政近微微聳肩，若無其事回答。

「反正我從一開始就不認為會贏。」

「咦？」

政近至少知道自己沒勝算。

五年的空窗期影響很大。即使身體記得樂曲，手指肯定也不會乖乖聽話吧。政近不認為自己贏得了這五年來也一直練鋼琴的雄翔。他沒有小看鋼琴與雄翔到這種程度。

（總之，能夠彈到不讓大家失笑的程度就很好了。）

但這不是問題。因為雄翔接受這場比賽的時間點，政近就達成目的了。

政近的目的原本是要防止雄翔和來光會接觸。不讓雄翔說服來光會將這次騷動的真相埋葬在黑暗之中，不讓權威人士保證以這種手法打選戰也不違反規定。以上兩點就是目的。為了達到這些目的，政近一度以暴力讓雄翔屈服，以挑釁讓雄翔失去冷靜，允諾進行這場不公平的比賽。

是的，這場比賽並不公平。因為比賽內容雖然壓倒性地對雄翔有利，但是政近即使輸了也不痛不癢。

看觀眾剛才的反應就知道了。不公平又異質的比賽內容，沒公開賭注的異常狀況，加上聽過瑪利亞與董的說明，他們應該會判斷「這只不過是學生會為那場風波致歉而準備的餘興節目」。

實際上賭注是存在的，不過政近敗北時的代價是「對於雄翔的嫌疑不做任何事」。既然不做任何事，那麼在觀眾心目中等同於沒有賭注。正式的討論會就算了，在沒有賭注而且比賽內容也只採取不公平形式的討論會敗北，政近的名譽不會受損到哪裡去。即使事後被雄翔抱怨，也只要說「咦？那只是餘興節目吧？畢竟沒任何賭注」裝傻就好。

因為既然得不到來光會的保證，會因為提到賭注而為難的反倒是雄翔。

（原本以為他不會對我的提案全盤接受到這種程度……以前贏不了我的心理創傷這麼嚴重嗎？而且還故意選我以前常彈的樂曲挑戰……）

這首樂曲是政近第一首學會的蕭邦作品。因為母親喜歡蕭邦，所以在沒有指定曲目的演奏會，他總是喜歡彈這首樂曲。

（不過明明是同一首樂曲，給人的印象卻和我彈的截然不同。）

母親與鋼琴老師說過，蕭邦的作品會依照演奏者成為完全不同的樂曲，正是如此。雄翔的演奏高超到無懈可擊，不過聽在政近耳裡像是稍微性急。

（對我的競爭心態表現得太強烈嗎……？哎，不過也多虧這樣而成為具有強烈吸引力的演奏。）

政近如此心想，自嘲「我哪有立場能夠囂張給予評價」，然後像是要讓擔憂注視過來的瑪利亞安心般開口。

「我真的沒事。反正就算輸了也沒什麼太大的問題。」

「……你說的是在選戰的狀況吧？」

「咦？」

政近聽不懂瑪利亞這句話的意思，眨了眨眼看向她。瑪利亞隨即露出只蘊含純粹擔憂的眼神，抓住政近的衣袖。

「即使對選戰沒造成太大的影響……如果會害得你受傷，那就從現在中止吧？」

「！」

這段話出乎政近意料。然後他輕輕放鬆表情。

「謝謝……不過，我沒事的。」

「真的嗎？」

「嗯，因為我完全不在意觀眾的看法或是評價。何況……」

「？」

真要說出口的時候，政近就覺得害臊而稍微結巴，但是面對瑪利亞詫異又擔心的眼神，政近無法說謊，所以稍微移開視線說下去。

「今天……我想要為了瑪夏小姐演奏。」

「咦？」

「妳想想……我當年約定過吧？要彈鋼琴給妳聽……」

「啊……」

這是阿薩與小瑪立下的約定。小瑪想聽鋼琴演奏，阿薩約定會邀請她參加發表會。因為小瑪回去俄羅斯而沒能實現的約定。

這次指名瑪利亞擔任主持人，就是為了在五年後履行這個約定。

「……這麼久以前的約定，原來你記得啊。」

「不，對不起。老實說，我直到最近都忘了。」

「嘻嘻，但你還是回想起來了，所以我好開心。」

「……因為約定很重要。」

自己的手被溫柔的手緊握，政近害臊得無所適從。此時……

「……抱歉在你們說悄悄話的時候打擾，不過雄翔的演奏快結束了。」

堇稍微給個白眼，以掃興的語氣搭話。

「啊，不好意思。」

「……哎，沒差就是了。唉……雄翔也真可憐。」

堇嘆息的模樣和乃乃亞的身影重疊，政近感到尷尬。此時雄翔演奏完畢，會場響起熱烈的掌聲。

「雄翔大人——！」

「王子——！」

特別尖聲歡呼的大概是鋼琴社的女學生。雄翔舉手回應眾人，回到舞台側邊。

「那麼，我上台了。」

「嗯……加油。」

政近微笑回應瑪利亞的聲援，取代雄翔前往舞台。瞬間擦身而過的雄翔視線，和當年一樣盡顯競爭心態……所以政近稍微苦笑。

（就算用這種眼神看我……我又沒要和你比，而且說起來根本沒得比……）

即使被瞪，現在的政近也沒有回應的意願與實力。何況也沒有道義刻意回應。在政近的心目中，雄翔終究是毀掉這場秋嶺祭的混蛋。沒有更好或是更壞的評價。不同於奈央，他對雄翔沒有同情的餘地。無論雄翔那邊有什麼想法或苦衷，對於政近來說也一點關係都沒有。

（哎，畢竟剛才好好嚇唬他之後也稍微消氣了……如今真的是怎樣都無妨了。）

比起這種事，現在最重要的是履行和瑪利亞的約定。

（那麼，要彈什麼呢？）

向觀眾行禮，坐在鋼琴前面之後，政近慢了好幾拍如此思考。

適合贈送給瑪利亞是哪一首曲子？政近如此思考……然後察覺了。

（不，正確來說不是瑪夏小姐……是小瑪嗎？）

政近約定的對象是瑪利亞卻不是瑪利亞，是昔日純真無邪的小瑪。是昔日在誤會之中離別的小瑪。

此時，以前和鋼琴老師進行的對話在政近腦海甦醒。

『周防同學真的什麼曲子都會彈了耶……雖然這首曲子的難度是F……』

『是嗎？但我覺得《革命》比較難……』

『那首也是F……啊啊，對了對了，周防同學你知道嗎？《革命》這個曲名不是蕭邦取的哦？』

『咦，是這樣嗎？』

『是的。蕭邦的作品，有好幾首曲子是由別人加上副標題。』

『那麼，難道這首曲子也……？』

『有哦？在日本廣為人知的這首樂曲叫做——』

此時政近忽然輕聲一笑，將手指放在琴鍵。

（說得也是……現在的我不是久世，是周防。）

交戰對手雄翔是這麼認為的。那麼……自己也可以只在此時此刻這麼認為吧。

只在此時此刻回復為周防政近，回復為阿薩。然後向遙遠往昔的那孩子……獻上這首曲子。

蕭邦《練習曲作品10第3號　E大調》。

第10話 向那孩子道謝與道別

演唱會在空前的盛況中結束。

觀眾報以如雷的掌聲與歡呼，其中甚至有人打趣喊安可。艾莉莎在五人中的前方承受這一切，陷入不可思議的感覺。

至今的人生，曾經有這麼多人投以笑容嗎？曾經被這麼多人渴求嗎？

（啊啊，這就是……）

這就是真正的「得到回報」的情感吧。

至今一直付出不會被任何人稱讚的努力。一直認為只要自己認同自己的努力就好。

然而——

（原來只要懷抱勇氣踏出一步……就會有這麼多人認同我。）

忽然間，艾莉莎再度感覺內心深處湧現一股火熱的情感。她朝著眼角使力忍受這份情感，深深低頭致意。

就這樣，在掌聲愈來愈熱烈的狀況中，她和四名樂團成員相視，一起離開舞台。

「唔喔喔喔喔！超棒的！」

從舞台側邊下台的剎那，毅像是再也忍不住般顫抖身體，露出得意的笑容。對此，另外四人也只在這時候懷著稍微亢奮的心情點頭。

「嗯，嗯……！真的超棒的！不是客套話，我們完成至今最好的演奏了！」

「是的……我也這麼認為。」

「哎呀？沙也親稍微快哭出來了？」

「沒！……這種事。」

「咦咦～～真的嗎～～？」

「哎喲，小乃妳好煩！啊——」

不禁以私底下的方式稱呼，沙也加表情變得有點尷尬。艾莉莎對此稍微加深笑容，在這時候低頭致意。

「各位，謝謝你們。」

謝謝你們認同由這樣的我擔任團長。謝謝你們讓我看見這麼美妙的光景。

蘊含各種意義的感謝話語，同伴們以笑容接受。

「這是我要說的！演唱會氣氛炒得這麼火熱，我覺得主要原因真的是艾莉同學的歌聲！啊，沙也加同學的貝斯與乃乃亞同學的鍵盤也是最棒的！」

「總覺得像是順便提到的這種說法令我在意……不過說得也是。這是所有人同心協力打造的舞台，不必感謝。」

「不，我真的不是順便提到的——」

「嗯，總之先不管阿毅，我也很開心。阿哩莎，謝謝妳。」

「艾莉同學，我也要說聲謝謝。妳答應擔任主唱，以團長身分帶領大家，真的很可靠。」

「……依照這個風向，剛才說不必感謝的我不就很沒面子了？」

「不，如果這麼說，我的立場也很難堪……啊，叶～～！有看到哥哥的英姿嗎？」

毅走出舞台，在人群中發現弟弟身影之後，一轉眼就跑過去了。艾莉莎等人以溫馨與傻眼參半的心情目送他的背影時，發現他們的觀眾紛紛接近過來。

「九条同學！妳真的好帥！」

「乃乃亞大人！剛才超棒的！」

「清宮同學～～！看這裡～～！」

人群發出狂熱的聲音蜂擁而至。光瑠連忙走向前保護女性團員，不過女性觀眾的熱情視線也集中在光瑠身上，他的臉完全僵住。

「唔哇超扯的～～……沒辦法了，阿哩莎，用粉福擊退吧。」

「粉福？咦，擊退？」

聽到陌生的簡稱與危險的動詞，艾莉莎眨了眨眼。

「妳看，像是這樣。」

若無其事這麼說的乃乃亞，突然露出宛如偶像的閃亮笑容，拋了一個像是會噴星星的媚眼。

「謝謝大家～～☆但是對不起哦？現在這樣會再度引發騷動，所以可以稍微幫忙讓個路嗎？」

以完美的粉福——粉絲福利吸引注意力之後，乃乃亞立刻提出請求。瞬間被訓練完畢的觀眾，開始主動向後方的觀眾吆喝分散人群。

「總之，就是這種感覺？」

「咦，唔～～？那個，抱歉我辦不到……」

艾莉莎基於各種意義覺得模仿不來，露出尷尬的笑容。

「話說回來，政近跑去哪裡了……執行委員會那邊還在忙嗎？」

此時光瑠忽然輕聲這麼說，艾莉莎也開始環視周圍。

沒錯，寄宿在內心的這股興奮與感動也想和他共享。由他帶領來到的世界，由他介紹認識的同伴，由他準備設計的舞台。從中獲得的這份情感，想要立刻傳達給他。

（政近同學……！）

艾莉莎懷著急切的心情掃視各處……忽然間，一個聲音傳入她的耳中。

「咦，真的？討論會？」

不容分說吸引注意力的這句話，使得艾莉莎反射性地面向該處，發現那裡是單手拿著手機，興奮和身旁女生搭話的男學生。

「喂！聽說講堂正在進行討論會！鋼琴對決！」

「咦，誰啊？」

「桐生院跟久世！已經開始了！」

聽到的是一直在尋找的少年名字。同一時間如同怒濤般般迎面而來的情報令艾莉莎茫然不知所措。

（政近同學……？討論會？剛才說鋼琴……為什麼？怎麼回事？）

艾莉莎像是找人尋求答案般游移視線……不經意察覺到面前的光瑠注視著某處而愣住。

「……光瑠同學？怎麼了──」

沿著視線看去，發現遠方站著露出複雜表情的三名男女，艾莉莎直覺認為他們正是光瑠與毅上一個樂團的成員。

「光瑠同——」

「阿哩莎，妳就去吧。」

「咦？」

艾莉莎被背後傳來的聲音引得轉身一看，乃乃亞懶散般半閉雙眼看向這裡。

「妳很在意阿世吧？別管這裡了，妳就去吧。」

「我想想，這一路上……倉澤學姊！可以拜託您嗎？」

沙也加高聲一呼，穿著男裝戴眼鏡的女生……更正，風紀委員倉澤柊迅速現身，然後輕推眼鏡開口：

「九条艾莉莎小姐的護衛是吧。沒問題。」

「謝謝。」

「那麼～～我來開路喔～～」

接著以缺乏緊張感的聲音說完，乃乃亞的粉福&請求（命令）再度發威。人群像是摩西開海般一分為二，開出一條小徑。艾莉莎跟在柊身後快步通過。

（政近同學……為什麼？）

疑問在腦海形成漩渦，無法言喻的不安與焦躁感也同時湧上心頭，令她心亂如麻。簡直像是政近已經前往遙遠的某處……艾莉莎為了驅除這種不祥的預感而奔跑。這份焦躁感只不過是自己多慮。這份不安只要見到他就會飛到九霄雲外。艾莉莎抱持這份確信向前跑。

就這樣在柊的引導之下，艾莉莎順利抵達講堂，在門前調整呼吸之後向柊低頭。

「倉澤學姊，謝謝您。」

「不用在意。那我回去舞台那裡了。」

「好的。」

艾莉莎在這裡和柊道別，再度轉身面向講堂的門。

「……好。」

然後她稍微為自己打氣，推開巨大的兩扇門踏入室內。

位於眼前的是……寂靜。在寂靜中響起的鋼琴聲。如此而已。

（這是……）

彷彿照亮湖面的月光，清澈至極的音色。令人不敢發出絲毫聲音的靜謐空間。

艾莉莎在內部緩步前進……將打造出這個空間的少年身影納入視野範圍。

（政近同學……）

坐在那裡的是艾莉莎尋找至今的少年，卻也不是。坐在那裡的是艾莉莎一無所知的政近。

艾莉莎所知道的政近，不會像這樣展現真心，而是隨時半開玩笑，以逗趣的態度隱藏真心。不會像這樣把最真實的自己全部寄託在琴聲演奏出來，寄託在話語傳達出來。

（別這樣……）

艾莉莎心裡也明白，這首樂曲是只獻給某人的情歌。

響起的琴聲、躍動的手指、演奏的全身，傳達出明顯的思慕與暗藏的哀戚。

接受這份情感的某人，令艾莉莎強烈感到嫉妒。

（不要！我不要！）

像是孩童耍賴的聲音在胸口爆發。好想立刻將場中所有人的耳朵摀住、眼睛蒙住。

好想將他展現的真實隱藏起來，不讓其他任何人看見。

希望他這副模樣不被看見。不被其他任何人看見。

（我是搭檔……我是離他最近的人。我明明應該是最熟悉政近同學的人！）

無從整理的激情無止境地滿溢而出，連自己都搞不懂自己。艾莉莎就這麼被一股想要哭泣、想要大喊般的衝動驅使，握緊雙手。

好遠。這是至今距離政近最遠的一次。明明以為站在他的身旁，明明以為稍微接近他的真心，他卻再度……獨自飛向遠方了。

【我的……魔法師……】

艾莉莎細微的小小呢喃，被鋼琴的樂聲覆蓋。

◇

一直不知道什麼是成就感。

被外祖父認同很開心，被母親稱讚很開心，讓妹妹快樂很開心。我知道這種事。但我不知道什麼是成就感。

或許因為這樣，所以內心某處總是感到空虛。而且離開周防家之後，只有這份空虛留在我心中。

在自由又無趣的父方祖父母家，我懷抱著空虛度過每一天。某天，不經意看見電視播放的兒童動畫之後，我察覺到這份空虛的原因。

『我擁有夢想！無論遇到多麼高大的牆，我也絕對不會放棄！』

電視上，沒有才華的主角朝著夢想拚命努力。

剛開始嘲笑他憨直的人們，最後也被這份真摯吸引，開始為他加油打氣。然後他面對來襲的考驗陷入苦惱，不時受到挫折，卻以強烈的熱情與不懈的努力漂亮贏得成功。

真的是主角。所有人都為他加油，稱讚這是努力的勝利，祝福他的成功。然後他在所有人的祝福之下，和一直扶持他的女主角一起迎接最美好的快樂結局。

……苦惱、挫折、熱情、努力。每一項都和我無緣。

我擁有的只有多餘到不必要的才能，以及毫無苦惱與挫折，如同遊戲練等級般制式作業的努力。憑著這些東西輕易贏得成功，不可能產生什麼成就感。到底誰會為這樣的我加油打氣？誰會祝福我的成功？肯定沒有任何人期望我的成功——

空虛在內心逐漸膨脹，對於一切都變得有氣無力的時候……是她給了我希望。

如同奇蹟般出現，我的女主角。只要她願意聲援我，只要她願意祝福我，其他人對我怎麼想都無所謂。

她的笑容是我的希望。只有她的笑容填補了我的空虛。那段我一直當成討厭的記憶，封鎖在內心深處的記憶。但真相並非如此。在長年誤解消除的現在……我對她只有感謝。

（所以……）

所以，我要履行這個約定，完成這個遺憾，這次一定要劃下句點。為過去的戀情做個了結，不再眷戀，繼續前進。那天沒能說出的話語，就以笑容傳達給那孩子吧。兩人的邂逅是奇蹟，絕對不是什麼不幸的事。懷著滿滿的感謝與戀慕……

【спасибо тебе за все…прощай…】（謝謝……再見……）

政近如此呢喃，雙手離開琴鍵之後，暫時閉上雙眼。映在眼瞼後方的她，和昔日一樣露出純真的笑容……對於自己稱心如意的想像，政近稍微苦笑。而且，對於能夠露出笑容的自己，也稍微感受到灑脫的心情。

就這樣，政近在樂曲餘韻完全消失之後起身，朝著一如往常籠罩寂靜的會場行禮，離開舞台。

◇

政近消失在舞台側邊之後，掌聲慢半拍開始湧現。綾乃在這樣的狀況中沒拍手，而是一直撫摸優美的背。

「夫人……」

「對不起……對不……起……！」

優美將臉埋在手帕，一邊哽咽一邊反覆謝罪。綾乃一直持續撫摸她像是會被後悔壓垮的背。

在她們兩人的後方遠處。觀眾席最後排的更後方。連政近都沒料到的人們在那裡排成一列鼓掌。

「……他是什麼人？我實在不認為是無名的鋼琴演奏家。」

一名男子出聲發問，其他人卻都無法給出任何答案。數人像是觀察般看向嚴清，但是看到他堅持不發一語就全部不敢說話。

「不過，真可惜啊。」

取而代之的是另一名女子出聲這麼說，引得眾人紛紛同意。

「嗯，實在可惜。」

「但是既然沒贏就由不得人了。」

最年長的男子對於這些話語沉重點頭，以冷酷的聲音下達裁定。

「引發此等騷動的膽量與野心我很看好……不過既然在最後關頭沒勝利，終究是到此為止。」

他如此斷言之後轉過身去，向帶領眾人前來的統也開口：

「回去吧。」

「咦，不見證結果也沒關係嗎？」

「用不著看。」

「……我知道了。那麼這邊請。」

然後，他們跟著統也離開講堂。

◇

「所以說，為～～什麼會贏呢～～？」

從舞台側邊的出口來到戶外時，政近輕聲抱怨。

演奏結束之後，立刻開始以舉手投票表決……不過投票結果對於政近來說完全出乎預料。因為相當明確是由政近獲勝，甚至沒成為拉鋸戰。拿著計數器準備計票的工作人員們不禁心想「咦，這一看就知道吧？」面面相覷。

「……瑪夏小姐，妳該不會暗中搞了什麼鬼吧？」

政近以三成的認真心態詢問一起跟過來的瑪利亞，她隨即鼓起臉頰。

「沒有啦～～真沒禮貌。」

「不，因為……對吧？」

政近以開玩笑的態度苦笑，同時感覺內心慢慢變得冰涼。

贏了。這個事實使得他內心的空虛逐漸膨脹。

（唉～～人生真的是輕鬆的爛遊戲耶～～）

得到自己想要唾棄的勝利，政近空虛一笑。對此，瑪利亞忽然露出溫柔表情，從正面擁抱政近。

「喔，喔嗚？」

「謝謝你為我信守約定……剛才的演奏非常美妙，我甚至差點掉眼淚。」

「……這樣啊，那太好了。」

聽到瑪利亞的話語，政近覺得空虛稍微得以填補。雖然一樣對於勝利沒有成就感，但是瑪利亞的稱讚和昔日一樣……安慰了政近的心。

伴隨著懷念的感覺，政近懷著平穩心情任憑瑪利亞擁抱。任憑擁抱。任憑……

（不……慢著，還真久。）

擁抱時間很長。應該說，似乎還愈來愈熱情。總覺得稍微以指甲抓牢，甚至臉頰也貼過來了！

（唔，唔哇，不太妙。感覺不太妙！和以前不一樣！像是柔軟程度之類的，總之各方面不一樣！）

政近的危機感達到頂點，想要離開瑪利亞……的這個時間點，瑪利亞主動迅速解除擁抱。

然後，瑪利亞看向表情像是安心又像是有點惋惜的政近，純真一笑。

「阿薩好可愛♡」

「啊，不……」

「呵呵呵，我還是喜歡久世學弟耶～」

「啊——」

不經意卻毫無虛假告知的這句話，使得政近反射性下垂眉角。看到這個反應，瑪利亞的笑容稍微加入惆悵。

「對不起，我只是想說出來。沒有害你為難的意思。」

「沒關係……」

我很高興。政近沒能接著這麼說，結巴不語。

（我喜歡瑪夏小姐這個人……不過果然和那孩子不一樣吧。）

昔日向小瑪表現的情感，無法同樣向現在的瑪利亞表現。但是……

（我對那孩子的心意已經做個了結……所以說不定，在將來又……）

政近如此心想，以複雜的心情注視瑪利亞。對此，瑪利亞像是愈來愈惆悵般下垂眉角。

「如果——」

她正要說出某句話的這一瞬間……

「政近同學！」

旁邊響起尖銳的呼叫聲。

「咦……艾莉？」

政近吃驚轉身一看，是不知為何穿著演唱會服裝，露出極度急迫表情的艾莉莎。

「怎麼了……？發生了什麼事嗎？」

看到非比尋常的這副模樣，政近擔心發問，艾莉莎隨即咬緊牙關，將話語吞回去。

「……好了，你就去吧？」

「咦，那個……」

「沒關係的。好了，你就去吧。」

被瑪利亞溫柔拍肩微笑催促，政近微微點頭之後走向艾莉莎。

政近一邊稍微在意身後一邊遠離，瑪利亞以笑容向他揮手，然後……

【如果，那時候有好好約定重逢的話～～……我這麼問會有點過分吧。】

看不見政近的背影之後，她有點惆悵地輕聲低語。

◇

「玩弄計策之後，在自己最擅長的領域徹底敗北……真是淒慘。」

講堂的舞台側邊，堇在收拾好的平台鋼琴旁，看完政近給的信封內容之後輕聲說。不必刻意聽也聽得到這段話的雄翔靜靜將手放在鋼琴，一直看著鍵盤。

「所以？你為什麼掛著這麼舒暢的表情？」

對於堇有點咄咄逼人的這個問題，雄翔停頓片刻之後回答。

「堇姊姊……我還是喜歡鋼琴。」

「哎呀，在這時候察覺了？」

明明自認是相當重大的告白，卻被回答得這麼乾脆，雄翔露出苦笑。

（真的是敵不過堇姊姊……）

雄翔一直在對自己說謊。

宣稱鋼琴是興趣，告訴自己不該認真，藉以逃避面對自己真正的內心。將自己的內心加蓋，尋找鋼琴的代替品……認定繼承父親的事業是自己的人生目標。但是，再也無法說謊了。

久違認真面對鋼琴，全力以赴，然後敗北之後……再也不得不承認了。承認自己對於鋼琴這份無從抑制的熱情。

政近的演奏，從琴聲就不一樣。不覺得是使用相同的鋼琴，完全不同次元的演奏。政近彈奏的鋼琴在哭泣，在吶喊。如果單純只說技術，雄翔自認不會輸。即使如此，還是自然而然就覺得輸了。讓他這麼想的某種要素存在於政近的演奏。

現在的雄翔不知道這個要素是什麼。不過，他認為今後開始找就可以了。現在就只是……對於自己沒能以真正的全力和政近交戰感到後悔不已。

（對不起，我一直以不上不下的心態面對你。）

雄翔懷著謝罪之意，輕輕撫摸鋼琴。今後他想要更加誠摯面對。將來不知道是否會再度實現和政近的對決。但是如果這一天來臨，這次一定不能後悔。

「堇姊姊。」

「？」

「我……想要以音樂大學為目標。」

「這不是很好嗎？」

「咦？」

這次也被回答得很乾脆，雄翔轉身一看，發現堇以打從心底傻眼的眼神看他。

「你不是真心希望繼承桐生院集團，這種程度的事我早就看穿了。放心吧？即使你不繼承，我也會好好繼承桐生院集團。」

「啊，哈哈哈……」

看到堇威風挺胸，雄翔發出乾笑聲。

「原來如此，全都看穿了嗎……」

「是的。尤其是你無法獲得真正喜歡的東西時，會習慣拿別的東西排解心情。很容易看得出來。」

「是……嗎？」

「是的。你從很久以前，要是鞦韆沒空位，就會去沙坑故意玩得很開心，巧克力冰淇淋賣完的話，就會囤積其他口味的冰淇淋……」

「唔……」

「現在也是。因為真心喜歡的女生不肯回心轉意，就讓許多不喜歡的女生圍繞在身旁陪侍。」

「咦？」

菫這段話令雄翔不禁語塞，背上猛然冒出冷汗。沒想到她竟然看穿到「這種程度」嗎……？

「我不知道你真心喜歡的是哪裡的誰，不過就算像是示威讓女生陪侍在身旁，她也不會因而回心轉意哦？」

「……啊，嗯。」

菫無奈傻眼般搖頭，雄翔向她正色點頭。即使變成像是安心，像是遺憾……的複雜心態，還是嘆口氣切換心情。

「總之，雖說要以音樂大學為目標……也不是現在就能決定的事。」

「說得也是。首先要……」

「嗯，首先我會找父親談談看……但他可能不會輕易接受吧。」

「……我不是說這個。」

「咦？」

出乎意料的否定令雄翔抬起頭，堇輕輕搖晃著信封裡的紙張開口。

「首先要剃光頭吧？」

「……啊？」

「你又做了什麼不正當的事吧？既然做了壞事，首先要剃光頭磕頭道歉喔。」

聽到這段話，看見堇手上紙張寫的「關於今天校慶發生的騷動，桐生院雄翔要在全校學生面前招出自己做過的事」這段文字，雄翔臉頰僵硬。

「難道要在……全校學生面前？」

「那當然。因為你輸了。」

「不，可是剃光頭與磕頭不在條件裡——」

「身為日本男兒就是要……」

堇打斷雄翔的話語，將食指按在雄翔胸口，然後手指一下一下用力戳，每戳一次就像是要以話語插入胸口這麼說。

「剃，光，頭，磕，頭。懂了嗎？」

堂姊擺在雄翔面前的這句話，雄翔實在無法接受，反抗地皺起眉頭……

「懂，了，嗎？」

「……是。」

面對堇的目光，他聽話點頭了。對雄翔來說，堇基於各種意義是他最大的弱點。

◇

「呃，喂，艾莉？怎麼了？」

即使詢問大步走在前方的銀髮少女，艾莉莎也只是默默拉著政近的手。從剛才就一直是這個調調。她是在生氣還是在慌張？政近連這種事都不知道，心裡也……雖然不是沒有底，但是總覺得不是這麼回事。

「欸，要去哪裡？演唱會順利嗎？」

即使努力搭話想要好好談，艾莉莎還是不發一語。回神一看，兩人就這麼來到社團大樓後面四下無人的地方。艾莉莎至此終於停下腳步。

然後，她一轉身就默默瞪過來，政近臉頰僵硬。

「果然在生氣？因為我沒能去看演唱會？還是因為我擅自舉辦討論會？不，抱歉，雖然只是藉口，但我確實有理由唔哇？」

距離突然被拉近，政近反射性地後退半步。然而在政近繼續後退之前，兩人的距離變成零了。

「喔，嘿？」

從正面被用力抱住，被抱緊……政近不禁發出脫線的聲音。

「艾……艾莉？說真的怎麼了？」

政近真的不明白這個行為的意義，懷著混亂的心情發問，但艾莉莎依然不發一語。就這麼不發一語，朝著環抱在政近背後的手臂使力，緊緊抱住他。

（咦，這是怎麼回事？是什麼樣的情感？）

說起來，被艾莉莎緊抱的這件事本身是第一次的經驗。不對，與其說是緊抱，感覺形容為緊抓不放比較合適……

（為……為什麼不說話？雖然超軟超香可是感覺好用力，該說這真的是艾莉嗎？該不會只有內在換了個人吧？比方說趁我陶醉掉以輕心的時候，張大嘴巴咬過來——）

政近如此心想的瞬間……

「嗚！噫！好痛痛痛痛！」

脖子真的被咬，政近忍不住哀號。

「說真的妳怎麼了是寄生生物嗎？內在被掉包了嗎？還是喪屍？是染了喪屍病毒嗎？」

政近以混亂的腦袋喊到這裡的時候，陷入脖子的牙齒觸感消失，某種柔軟觸感取而代之按在該處，接著她就這麼把臉埋在政近肩頭。

「……艾莉？」

「……」

（唔唔～～怎麼回事？總覺得就像是鬧脾氣的小孩板著臉緊抓著父母那樣……？）

即使搞不清楚狀況，政近還是輕拍艾莉莎的背試著安撫。輕聲說出的一句俄語傳入他的耳中。

【你是……我的搭檔啊……？】

像是呢喃般說完，艾莉莎再度朝雙手使力。

在這之後，艾莉莎的擁抱持續到統也以手機呼叫他們。

Иногда Аля внезапно кокетничает по-русски

終章 只在此時此刻

「統計的結果，優秀獎是女子劍道社的演劇。」

「喔喔～～」

「哎，這很妥當。」

「因為劍劇超有魄力的……」

「堇學姊好帥……」

「然後，特別獎是一年D班與一年F班的聯合企畫——女僕咖啡廳。」

「……啊～～懂了。」

「不對，這壓倒性的第一名是怎樣……雖說是兩班聯合，但這不是遙遙領先嗎？」

「啊，會長沒去嗎？」

「那個該怎麼說，已經是……對吧？」

「我隱約看見偶像商法的恐怖了……」

校慶結束，各班與社團勤快收拾的時候，校慶執行委員會正在進行最後的會議。艾莉莎也完成會計工作來參加會議……不過老實說，一半以上是左耳進右耳出。

（唉……我為什麼做出那種事……）

她回想的是在討論會之後對政近做的事。在連自己都不清楚的情感驅使下，就這麼做出真的莫名其妙的事。經由執行委員會的工作平復心情的現在，她內心只有後悔。

（不，說真的，我在做什麼啊……那樣用力抱住他咬一口，最後還親了下去……啊啊真的是莫名其妙……）

當時總之希望政近眼中只有自己，希望自己眼中只有政近，覺得擅自亂來卻面不改色的政近很可惡……回過神來就做了那種事。

（啊啊……我其實是獨占慾很強的人嗎……）

希望自己成為政近心目中特別的人。艾莉莎如今也不打算否定這一點。除去孩提時期，政近是艾莉莎的第一個朋友，是選戰的搭檔，也是讓艾莉莎看見各種世界，像是魔法師的一個人。政近在艾莉莎心目中的特別程度，肯定超過政近對艾莉莎的認知。

（是因為這樣嗎？）

所以自己也向政近要求同等程度的「特別」吧。這就是這份獨占慾的真相嗎……無奈這都是第一次產生的情感，所以艾莉莎不太清楚。

（我在人際關係這方面真的是初學者……）

經由樂團活動增加朋友，她自覺社交性也多少提升了，不過正因如此，所以她很清楚自己還有待努力。畢竟自己依然不擅長客套的笑容，不知道應該主動聊什麼話題，也不太知道怎麼拿捏距離感……

（嗯……不過，那樣終究不行。）

再怎麼解釋，突然咬人也是不明所以然。自己又不是狗。這是無法以不習慣或是笨拙等話語好好擁護的暴行。

（啊啊，說真的為什麼會做那種事……不過有希同學也做過同樣的事吧？畢竟當時留下咬痕……應該說正因為看過那個，所以我也該怎麼說，頓時完全失去理智……）

艾莉莎瞥向若無其事看著會議進行的有希，接著瞥向身旁的政近。然後她看見像是隱藏咬痕般貼上的藥布，覺得非常過意不去。

（啊啊真是糟透了……晚點得道歉才行……可是，我該怎麼道歉……）

明明自己也搞不清楚為什麼會咬，到底該怎麼說明與謝罪？乾脆基於「以牙還牙以眼還眼」的原理給他咬一口嗎……不，這就某方面來說也是莫名其妙。

（嗚嗚……我想消失了……誰來救我……）

面對過於難解的問題，內心終於透露喪氣話的時候，執行委員長站起來了。

「好！總之今天雖然發生各種事件，不過多虧大家的合作所以沒人受重傷，來光會的大人物們也沒說教！勉強度過這一關了！真的謝謝各位！」

委員長說完和副委員長一起低頭致意，然後咧嘴用力一笑。

「各位這個月以來辛苦了！之後就盡情享受後夜祭吧！啊，還有工作要做的人請適可而止哦？」

最後稍微逗笑眾人之後，委員長大幅張開雙手。

「那麼最後一起拍手做結吧！請各位把手借給我！」

所有人配合這句指示起立，同樣將手舉到身體前方之後，委員長帶頭打拍子。

「預備～～起！」

啪！

拍手的聲音一波接一波響起，第六十六屆秋嶺祭的執行委員會解散了。

◇

「艾莉。」

正要走出大會議室的時候從背後被叫住，艾莉莎肩頭一顫。然後她稍微轉頭隔著肩膀看去，冷淡回應搭話的政近。

「什麼事？」

「啊～～接下來有空嗎？想請妳陪我去一個地方……」

政近的要求令艾莉莎猶豫。老實說，沒有特別的行程。頂多就是班上還沒收拾完畢的話想去幫忙。執行委員會的工作結束的現在，完全沒有其他非做不可的事。不過應該老實告訴他嗎……想到這裡，艾莉莎察覺想這麼多也沒用。

至今都是一起工作，政近應該掌握到艾莉莎接下來沒有行程。與其胡亂說謊害得自己被鬱悶的心情拖累，在這時候斷然道歉做個了結比較好。如此判斷之後，艾莉莎隔著肩膀朝政近微微點頭。

「哎，好吧。」

「太好了。那麼可以跟我來嗎？」

艾莉莎跟著帶頭的政近離開大會議室，就這麼走在夕陽下的走廊，注視著政近的背思考該怎麼開口。

（剛才咬了你很抱歉？可是，那個行動該怎麼說明……）

牽強附會也好，要找個理由才行……艾莉莎陷入苦思。

首先想到的是政近擅自舉辦討論會這件事。不過關於這方面的原委，已經在討論會之後聽政近親口說明。聽完只向學生會幹部、執行委員長與副委員長揭露的原委，如今已經不想翻這個舊帳……不對，說起來是在這之前的問題。

（我的怒氣本身就不講理了……）

毫無任何道理可言。單純是艾莉莎擅自發揮獨占慾，採取那種行動罷了。

（受不了，真像笨蛋。）

明明再怎麼讓身體接近，心也沒有接近。明明就算以女人的武器引出真實的表情，也沒能連帶引出真正的心思。從相識至今什麼都沒變。對於艾莉莎來說，政近經過再久也是近在眼前又遠在天邊的存在。

（總有一天……政近同學應該會離開我身邊吧。）

因為他一個人做得了任何事，去得了任何地方。將來這一刻來臨的時候，他將會隨心所欲再度前往某處吧。而且……無法自由飛翔的艾莉莎肯定無法跟隨。

（啊，討厭……感覺要哭了。）

胸口突然顫抖，艾莉莎眨了眨眼。政近在這時候停下腳步。

「咦？這裡是……」

確認抵達的場所之後，艾莉莎稍微歪過腦袋。政近無視於她打開門。

「進來吧。」

然後，艾莉莎在他的催促之下踏進手工藝社的社辦一看，一名見過面的女學生在裡面等待。

「喔，久世兄你來啦。」

「開衩大姊大，抱歉強妳所難了。」

「一點都沒錯。這次欠我不少人情哦～～？」

「等我成為副會長會加倍回報。」

「哇哈哈！那就務必要讓你們兩人當選了耶～～」

艾莉莎以有點複雜的表情看著親切交談的兩人時，女學生忽然看向她。

「所以九条同學，開始吧。」

「咦，開……開始什麼？」

「別緊張別緊張～～總之來這裡吧。」

「咦，咦？」

即使艾莉莎疑惑向政近投以視線，政近也只以視線催促。然後艾莉莎就這麼手忙腳亂被帶進昨天拍照的隔壁倉庫。

「那個……？」

「好，那妳換上那套吧。」

「咦？」

朝著女學生所指的方向看去，昨天使用的窗邊空間，是一套穿在假人模特兒身上的純白禮服。

「那麼～～快點換上吧～～？尺寸應該合身才對，不合的話我會馬上調整。啊，鞋子是這雙。」

「咦，不，那個，這到底……」

「好啦～～動作快～～」

疑問被巧妙無視，艾莉莎就這麼不明就裡換上禮服。

「好！尺寸完美！不愧是我。久世兄～～這邊好了喔～～」

然後，女學生對眼前的成品擺出振臂姿勢，接著快步離開。

「……我該怎麼做？」

獨自被留在倉庫，艾莉莎不自在地搖晃身體。不過政近立刻叫她的名字，所以艾莉莎稍微確認自己的衣服之後走出倉庫。

「喔喔……很適合妳喔。非常美麗。」

然後，說出這個感想一笑的政近令她瞠目結舌。政近一身以藍白為基調的騎士服，在陰暗之中也很耀眼，頭髮也稍微打理過做出造型。他對於艾莉莎佇立不語的反應露出苦笑。

「喂，別這樣，不要不說話啦。」

「啊，呀……」

「不，什麼都別說。不說最好！我也知道自己配不上這套服裝！」

差點說出「好帥」的艾莉莎，被政近阻止之後將話語吞回肚子裡，然後改為提出一直懷抱的疑問。

「這……到底是……？」

「啊啊，那個……」

政近隨即尷尬般按著脖子。

「昨天約定過吧……？正確來說是更早之前就是了。說好要一起逛校慶。」

「啊——」

「不，真的很抱歉。結果我不只沒空，連演唱會都沒看……所以妳會生氣也是在所難免，嗯。」

政近說著指向脖子貼的藥布。從這個行動感覺到政近的貼心，艾莉莎胸口一緊。

察覺到艾莉莎的後悔與苦惱，進而表示不必道歉，也沒要過問為何做那種事。政近正透露著這樣的意思。

（啊啊……）

這份溫柔使得艾莉莎再度有點想哭。不知道是否察覺這一點，政近靜靜移開視線，看著斜下方開口。

「總之就是這樣……雖然結果變成後夜祭，但我想依照妳的要求，以我的方式好好邀請妳。」

然後政近清了清喉嚨，當場跪下。他在這時候稍微眨眼，露出淡淡的笑容。

「只有現在，請容許我把妳當成公主大人哦？」

政近半開玩笑這麼說完，輕輕向艾莉莎伸手。

「公主，可以請您賜給我這份榮譽，讓我擔任您的搭檔嗎？」

這是後夜祭舞會的邀約。倒不如形容為做作的這個浪漫演出，使得艾莉莎在心跳加速的同時輕聲一笑。

「真是的，這是怎樣……不就是在模仿桐生院學姊嗎？」

「什麼嘛，應該是紳士到了頂點吧？」

「真心話呢？」

「誰會面不改色正經八百做出這種事啊！」

「噗，啊哈哈！」

政近的正直感想使得艾莉莎噗嗤一笑，感覺喜悅的情感在內心擴散。
雖然一如往常半開玩笑，不過現在政近眼中只有艾莉莎，由衷向艾莉莎提出要求。
（只有現在……政近同學確實是我的搭檔。）
湊巧在這個時候，兩人懷著相同的心思。只在此時此刻確實是搭檔。
艾莉莎沒察覺彼此心意相通，就這麼配合政近以裝模作樣的動作，將自己的手放在政近手上。
「好的，我願意。」
說到這裡，她露出惡作劇的笑容……

Хоть навсегда.

這一瞬間，隱約響起清脆的快門聲。政近轉身看向聲音來源，露出白眼吐槽。

「喂，拖鞋，不准擅自拍照。」（註：開衩大姊大的日文為「スリットパイセン」，拖鞋的日文為「スリッパ」）

「別簡稱別簡稱。這是很好的紀念吧？你看。」

女學生說完秀出的手機畫面上，映著面帶笑容牽起手的兩人。艾莉莎不好意思地縮起肩膀。視線一瞥，發現政近也正好看過來，兩人四目相對，同時移開視線。此時一旁投以佩服般的聲音。

「哎呀～～兩位真是登對耶。難怪會在舞台上進行熱情的對話。」

「……咦？」

聽到這段話，艾莉莎皺眉轉身看過去，女學生隨即深感意外般眨眼。

「哎呀？難道妳本人沒察覺？現在成為很熱門的話題喔。說什麼九条同學在舞台上朝著久世兄說出『我相信你』這種話。」

「…………咦？為什……麼——」

艾莉莎錯愕呢喃的時候，當時的光景在腦海重新播放。

聽到政近說「相信我，並且等我吧」，艾莉莎在胸前交握雙手回應「我相信你」。

……在胸前，交握，雙手。

手上拿著麥克風。

開關打開的麥克風。

「啊，啊，啊啊……」

過於恐怖的預感，使得艾莉莎以錯愕表情發出僵硬的聲音。女學生露出甜美笑容，朝著這樣的艾莉莎豎起大拇指。

「剛才也說過，現在這件事成為非常熱門的話題，所以只要穿著這樣的服裝一起去操場，後夜祭的主角肯定是你們兩人喔！」

毫無自覺的這記追擊，令艾莉莎的羞恥心突破極限……

「不……不要啊啊啊——————！」

黃昏的社辦大樓裡，艾莉莎的哀號響遍整個空間。

單行本特典
原作者特別撰寫SS

開衩大姊大誕生之日

這是政近在國中部學生會擔任副會長時的事件。

「那麼，開始討論體育館舞台的企畫。」

政近以校慶執行委員身分宣布會議開始之後，學生會室流動著肅殺的空氣。

（唔哇，如坐針氈耶。雖然不關我的事但是好恐怖～～）

政近內心這麼想的同時，依然以議長身分淡然主持會議。

「呃～～預先請各個團體繳交申請書的結果，現階段報名的企畫案，合計時間比起預計的整體時間超過一個小時。別的舞台企畫也沒有多餘的時間，所以希望各位相互通融，在預計的時間內排定時程……」

即使在政近說話時，集結在場中的各社團代表，也將視線集中在一名女學生。不只是因為召集這場會議的原因在她身上……單純來說，她的服裝本身也是主要原因。

（嗯，為什麼穿旗袍？）

不只政近，在場所有人應該都抱著同樣的想法吧。別的學生都正常穿著制服，其中只有她穿著大紅色的旗袍，而且開衩開得超高。她坐在沙發座位，所以搶眼得不得了，加上穿旗袍的當事人是相當清純型的美少女，在這樣的反差輔助之下，部分男生明顯在窺視她開衩底下露出的大腿。

（還故意把雙腿交疊……是中國黑幫的大小姐嗎？如果身後站著滿臉橫肉的保鏢就完美了。）

政近說完之後，輕音社的社長朝這名女學生開口：

「那個，手工藝社同學？就我所知，手工藝社歷年來肯定沒申請過舞台企畫……這次又為什麼申請呢？」

高年級學生以詢問的方式進行批判，但是擔任手工藝社社長的女學生以笑容回答：

「不，社團內部從以前就在討論想要試試看喔。雖然看氣氛總覺得爭取不到舞台企畫……但是因為機會難得，所以這次就試著申請了。」

女學生笑咪咪這麼說，輕音社社長露出有點心虛的表情。

實際上在這幾年，國中部校慶的體育館舞台企畫，每年都是由固定的團體確保固定的時段，形成一種默認的共識。尤其戲劇社與輕音社每年都會以「歷年來都是這樣」為藉口，理直氣壯占用相當長的時間。客觀來看，原本任何人都能參加的舞台企畫，實質上被部分團體打著慣例的名義獨占。

即使如此，至今也沒有人特別走出來抱怨……不過在這次，手工藝社光明正大拿著企畫案前來申請。而且是相當長的一小時時段。

「不過，這個ＳＥＩＲＥＩ服裝秀是……」

輕音社社長檢視企畫書的複本，確認企畫內容之後板起臉。對此，手工藝社社長掛著笑容起身。

「不錯吧？模特兒們會穿上我們社團製作的衣服走上伸展台！」

手工藝社社長像是舞台女演員般大幅張開雙手愉快說明。自然展現在眾人眼中的是她身穿的旗袍，還有開衩。

（原來如此，是為了這個嗎？）

這套服裝是方便眾人想像企畫內容的範本。看到她這副模樣，在場的男生應該會想像吧。同樣刺激男性癖好，身穿大尺度衣服的亮麗女學生們，瀟灑走在伸展台的模樣。看來輕音社社長也不例外，露出有點尷尬的表情輕咳一聲之後冷靜指摘。

「不，伸展台這種東西做不到吧？妳以為設置與撤除會花費多久時間？雖然有組裝式的舞台，不過那種舞台必須花時間調整高度，否則很危險啊？」

輕音社社長依照經驗提出中肯意見，但是手工藝社社長沒退縮。

「那就在前一天設置，校慶結束再撤除，伸展台就這麼一直留在原地不就好了？」

「啊？不，不不不，我才要問妳說這什麼話？絕對會礙事吧？而且觀眾席的空間也會跟著變小！對吧？」

輕音社社長將視線投向其他社團的眾人。看到這個反應，在場和輕音社一樣具有強大發言力的戲劇社社長開口了。

「我認為可以。」

「什麼……？」

出乎意料的背叛，使得輕音社社長目瞪口呆。但是政近理解了。

（啊啊，戲劇社平常就因為戲服的關係受到手工藝社的照顧……）

恐怕是已經預先說好了。

（這位旗袍社長比我想像的還要高明。）

政近以佩服心態看著手工藝社社長時，輕音社社長陷入混亂般詢問戲劇社社長。

「咦，不，你是認真的嗎？」

「這不是很有趣嗎？輕音社要不要也利用在演奏上？你想想，專業的音樂人也是，主唱或吉他手會從伸展台走到觀眾席……」

「不，總之這個……確實沒錯啦……」

「舞蹈社或是雜耍社也一樣，只要有伸展台，應該也能設計出新的表演吧？」

聽到戲劇社社長這麼說，其他團體也露出認真表情開始思考。政近最初審查的時候也覺得荒唐無稽的企畫，回過神來卻發現即將通過。政近對此率直感嘆，為了向手工藝社社長的交涉手腕表示敬意，以執行委員的身分提供小小的援護。

「順帶一提，關於伸展台，只要向高中部借用一部分的組裝式舞台，這個構想本身是做得到的。」

「你說向高中部借……要怎麼搬過來？那個東西很重耶？」

「拜託工友先生開小貨車就沒問題。」

「嗯，唔……不，說起來，沒時間分給手工藝社的節目——」

「戲劇社會把二十分鐘的時間讓給手工藝社。」

「呃……」

戲劇社社長再度背叛，輕音社社長啞口無言。此時，手工藝社社長笑著開口：

「謝謝。那麼我也讓步二十分鐘。手工藝社的時間只要四十分鐘就好，所以剩下的二十分鐘希望在場有人可以讓給我們……」

場中的視線集中在目前保有最長時間的輕音社社長。然後——

◇

「哎呀，好厲害。真是高明的交涉手法。」

會議結束之後，政近請手工藝社社長留下來進一步討論伸展台的設置，並且給予純粹的稱讚。因為在那之後，手工藝社社長甚至暗示要召開學生議會，以軟硬並施的交涉手法漂亮確保手工藝社有四十分鐘的表演時間。

「沒有啦～～我才要感謝副會長，你在中途的援護幫了大忙。」

「唔……總之這沒什麼大不了的。剛才的交涉真的好厲害。確實向各社團說明這麼做的好處，進而確保自己的社團享有最大的好處……」

「嗯，還好啦……」

手工藝社社長有點害羞般搔了搔臉頰，接著站起來脫掉鞋子，單腳踩在沙發上。然後她大方露出開衩底下的雪白美腿，扠腰這麼說。

「因為好處與開衩都是愈大愈好啊！」

說中世界真理的這句話，令政近受到震撼，回過神來發現自己感動到淚流不止……這麼說是騙人，但總之就是這麼感動。然後，政近因為感動而顫抖的嘴唇……自然而然編織出一個敬稱。

「開……開衩大姊大……！」

後記

大家好，我是被屢次超過十頁的後記破壞腦部之後，明明不是漫畫單行本卻犯蠢在卷末放上原作者SS（Short Story）的燦燦SUN（Sun Sun Sun）。

這恐怕……不，幾乎肯定是輕小說史上第一次的嘗試吧。嗯，做出這種魯莽舉動的作家沒有第二人了。說起來，像我這樣沒有好好管理頁數，等到全部寫完才發現「怎麼多了這麼多頁啊～～」的馬虎作家本身應該就很稀少。其實我最近在想，其他作家會不會冒出「這傢伙為什麼交稿之後還那麼活蹦亂跳……」這樣的想法。

所以，認為後記才是正篇的各位讀者，對不起！這次的後記很短喔！很短而且很難找喔！下次之後要好好從正篇先看喔！總之如果要寫一些像是後記的事情，頂多就是瑪夏與茅咲在這集表演的魔術，是我在學生時代實際表演過的魔術吧。同社團的各位抱歉了。雖然稍微透露了手法，但我有克制在最底限，所以請原諒我。零機關的人體切割之刑？只有這個拜託不要！拜託不要，啊，住手──

咳咳，所以趕快進入謝辭部分吧。這次也因為我遊走在截稿死線而造成莫大困擾的宮川大人，總是很謝謝您。宮川大人的細心關懷與正確分析，每次都幫了我很大的忙。

然後是在非常忙碌的狀況下，這次也繪製許多美麗出色又完全不情色之藝術性插圖的もこ老師。每次的要求都很瑣碎實在很抱歉。這次肯定也會以這些美得令人嘆息的插圖，對世間青少年的性癖造成莫大影響吧。我也仔細欣賞了艾莉的美腿曲線。是的，完全沒有想入非非。雖然沒有想入非非，但總之真的很謝謝您。

此外，以現在進行式連載美妙的改編漫畫，協助增加《遮羞艾莉》粉絲的手名町紗帆老師。謝謝您總是把角色們畫得這麼迷人。艾莉與政近以襪子交流的那一幕，連我也不禁差點從鼻子漏出尊流，雖然在這方面也完全沒有想入非非，但是很謝謝您。

還有還有，參與本書製作的所有恩人以及拿起本作品的讀者們，容我致上眼眸變得漆黑的謝意。謝謝大家！希望還能在第七集見面。那麼在最後……

誰說卷末ＳＳ只有一篇？

後記的後記SS

百合會拯救世界

「Hey綾乃！奶子枕！」

「遵命。」

「呼哇哇，又彈又嫩耶～好軟好軟。」

綾乃仰躺在床上之後，有希爬到她身上，將臉貼在她的胸部磨蹭。就這麼暫時任憑主人擺布的綾乃，在有希稍微平復心情的時間點發問：

「請問怎麼突然這樣？發生了什麼事嗎？」

今天肯定沒特別發生令有希累積壓力的事情。即使如此，有希還是尋求療癒，那麼難道是發生在下沒察覺的某件事嗎……綾乃如此擔憂。有希從她的胸部靜靜抬頭，在起身的同時自然而然解開綾乃的內衣背扣。隔著女僕服解開。短短一秒解開。然後有希以雙手揉著綾乃從內衣解放的胸部，慢慢歪過腦袋。

「沒有啦，該怎麼說……最近因為執行委員會的工作所以氣氛總是很～沉重，我想說需要振作一下精神……」

「這樣啊。」

「嗯。百合會拯救世界。即使在多麼嚴酷的戰場，即使後續的劇情進展多麼沉重，只要兩個美少女卿卿我我，最後的感想都會歸結為『很尊』！」

「……」

有希的話語一如往常對於綾乃來說有點難懂。但是有希不在乎綾乃的反應，光明磊落地說下去：

「然後，奶子也會拯救世界！只要有奶子，大家都會回復活力！換句話說，百合與奶子的組合技可以實現世界和平！」

有希如此斷言之後，忽然取出手機撥號，然後在對方接電話的同時大喊。

「哥哥也這麼認為對吧～～？」

『怎麼突然這麼問？』

「如此如此這般這般啪滋啪滋。」

『原來如此。順帶一提，我認為女生與其在床上相互揉胸部，相互梳頭髮比較打得動我。』

「什麼……！唔，好強的說服力……我完美被駁倒了……啊啊，是我錯了，兄弟。把任何東西都拼湊在一起的做法太隨便了。」

『嗯，不需要硬是拼湊在一起。即使不和其他東西組合，百合也有百合的好，奶子也有奶子的好。』

「明明沒好好揉過，憑什麼高談闊論？」

『喂，我為什麼在這時候躺著也中槍——』

有希沒讓政近說完就結束通話，離開綾乃身上並且打響手指。

「Hey綾乃！播音樂！氣氛高雅沉穩……然後妖豔卻不會太下流的抒情曲！」

「遵命。」

主人隨口提出相當胡來的條件，綾乃卻漂亮回應這個要求。絕妙精選的BGM在室內播放，有希滿意點頭，迅速繞到綾乃身後，然後以手臂環抱綾乃腹部，將下巴放在她的肩膀，以成熟的表情&聲音朝綾乃耳際呢喃：

「哎呀，綾乃。」

「有……有希……大人……？」

「嘻嘻，怎麼了……？妳的頭髮亂了耶？」

綾乃的頭髮之所以凌亂，是因為直到剛才都被某人當成抱枕。然而有希不在乎這種事，露出妖豔的笑容拿起髮梳。

「真拿妳這孩子沒辦法……過來吧？我來幫妳梳頭髮。」

「不……不用了，這種事在下承擔不起……」

「沒關係的。因為妳是我的可愛妹妹。」

「啊……」

有希表現出莫名沉穩的大姊姊舉止，梳理有希的頭髮。只不過，即使是屈膝坐在床上的狀態，有希的個頭也明顯比較嬌小，所以從旁人來看完全沒有該有的樣子。

「綾乃的頭髮好漂亮……就像是公主大人。」

「謝……謝謝……不過因為髮量很多，所以保養起來很辛苦……」

「這樣啊。也就是說，這頭美麗的秀髮是綾乃努力的結晶吧。」

有希從容不迫露出笑容，撩起有希的頭髮……然後緩緩親吻她的頸子。

「呀啊！有希……大人……？」

「嘻嘻，綾乃好可愛。」

「那……那個……」

有希在極近距離露出蠱惑般的笑容，使得綾乃睜大雙眼……結巴開口：

「嗯？」

「請問可以讓在下沖個澡再過來嗎？」

「不，別當真好嗎？」

有希正色以手指彈綾乃額頭，在她發出「啊嗚」聲音時迅速離開，關掉ＢＧＭ。房間回復寧靜，有希輕輕嘆口氣。

「好險……差點就不只是養眼場面，而是變成性感場面了。」

「養眼場面……嗎？」

「嗯，養眼場面（Service Scene）。簡稱ＳＳ。」

有希一邊這麼說，一邊看向毫不相關的方向輕聲一笑。沿著這雙視線……綾乃找不到任何東西，稍微歪過腦袋。

「那個，有希大人。請問您在看什麼？」

「啊？笨蛋看不見的鏡頭。」

「唔！有希大人果然……活在在下這種凡夫俗子看不見的世界吧……！」

「不，別認真回話好嗎？」

有希賞白眼吐槽時，一旁的手機微微震動。畫面顯示『順帶一提，故意表演給人看的百合不香喔』這則訊息。

井遮羞艾莉
請各位多多支持
與指教

國家圖書館出版品預行編目資料

不時輕聲地以俄語遮羞的鄰座艾莉同學/燦燦SUN作；哈泥蛙譯. -- 初版. -- 臺北市：臺灣角川股份有限公司, 2024.01-
冊；　公分. -- (Kadokawa fantastic novels)

譯自：時々ボソッとロシア語でデレる隣のアーリャさん
ISBN 978-626-378-391-1(第6冊：平裝)

861.57　　112019368

Kadokawa
Fantastic
Novels

不時輕聲地以俄語遮羞的鄰座艾莉同學 6

（原著名：時々ボソッとロシア語でデレる隣のアーリャさん 6）

2024年2月1日　初版第1刷發行
2024年8月27日　初版第4刷發行

作　　者：燦燦SUN
插　　畫：ももこ
譯　　者：哈泥蛙

發 行 人：台灣角川股份有限公司
總 監：呂慧君
總 編 輯：蔡佩芬
主　　編：林秀儒
編　　輯：黎夢萍
設計指導：陳晞叡
美術設計：吳佳昀
印　　務：李明修（主任）、張加恩（主任）、張凱棋、潘尚琪

發 行 所：台灣角川股份有限公司
地　　址：104台北市中山區松江路223號3樓
電　　話：（02）2515-3000
傳　　真：（02）2515-0033
網　　址：www.kadokawa.com.tw
劃撥帳戶：台灣角川股份有限公司
劃撥帳號：19487412
法律顧問：有澤法律事務所
製　　版：尚騰印刷事業有限公司
ＩＳＢＮ：978-626-378-391-1